饒舌《じょうぜつ》に夜を騙《かた》れ

かわい有美子

幻冬舎ルチル文庫

CONTENTS ✦目次✦

✦カバーデザイン＝吉野知栄（CoCo.Design）
✦ブックデザイン＝まるか工房

イラスト・緒田涼歌✦

饒舌《じょうぜつ》に夜を騙《かた》れ

一章

I

三時をまわったというのに、真夏の日射しはいっこうに翳《かげ》る様子がない。

太陽の位置は確かに西に移動してるのに……、予想よりもはるかにきつい炎天下の訓練に、空を振り仰《あお》いだ橋埜祐海《はしのひろみ》は顎《あご》を伝った汗を手の甲で拭《ぬぐ》った。

目眩《めまい》を覚えるほどに空は青く、白い積乱雲がうずたかく重なっている。

自分が考えていた以上に、山中の木々の影は短い。七月下旬のこの時間帯は、山あいではもっと影が長くなるものだと思っていたのは自分の計算違いだろう。

山の斜度や太陽の方角なども関連しているのだろうが…、と橋埜は目を眇《すが》めた。

蟬《せみ》の声が山中の濃い緑に幾重にも共鳴して、耳の奥が麻痺《まひ》しているようだ。

いや、多分、すでに麻痺している。さっきから、班全体の掛け声が遠く聞こえがちだ。自分の声も、他人のもののように響く。

そろそろ限界だろうと、橋埜は自分の率いるＳＡＴの制圧第二班を振り返る。

濃紺の出動服に身を包んだ班員らは全員二十五歳以下で若く体力もあるが、街中にはないきつい日射しと強烈な湿気に全員が辛《つら》そうな顔となっている。

「全体止まれ！」

橋埜は張り上げずとも通る声を上げた。そして、腰に下げた無線機を手に取る。

「橋埜班、十分休憩、水分補給に入ります」

——水分補給了解。日陰に入れ。

簡潔に答えるのは、指揮班の最年長である真田《さなだ》の声だ。

「了解」

日陰なんてほとんどないですけどね…と内心で思いながら、橋埜は無線の通話機を腰に戻した。

SAT——警視庁警備部の特殊急襲部隊を統括する管理官が、今日の神奈川県警所属のSATとのハイジャック想定合同特殊訓練に指定したのは、甲信越地方にある陸自の演習場だった。

演習場内がほぼ山林で、普段、山間部での戦闘訓練に使用されているというだけあって、ものの見事に山ばかりだ。

搬送用の主要路を外れると、うっそうと茂った山あいを獣道のような小道が延々続く。感覚的には、ほとんどトレッキングやオリエンテーリングに近い。

東京から輸送バスで数時間かけて演習場まで到着した今日は、現場に馴《な》れるためという理由で、班単位で地図と磁石を頼りに山あいの道を縦走《じゅうそう》させられているが、これが予想以上にきつい。

山中に思っていた以上に日陰のないことと、街中以上の強烈な湿度とは、これは今夜の反省会で必ず上げ、今後の対策を考えなければならないだろう。山中での作戦行動は、班員の体力を考えていたよりもはるかに奪う。

ＳＡＴは部隊の機動性も特色のひとつで、有事には緊急展開用のヘリコプターで現場に飛ぶことも想定しているし、専用のヘリも所持している。特に現場が山中であれば、防弾用の重装備で徒歩で赴くことなどはまずないだろうが、実際の有事に限っては何が起こるかわからない。

かつてはあさま山荘事件といって、赤軍が軽井沢の別荘地に人質をとって立てこもった前例もある。万が一という可能性はけして排除できない。

特に今日の縦走は軽装で基礎訓練も兼ねたものなので、いたずらに疲れた、きついとばかり不服を並べるわけにもいかない。

「十分間休憩。木陰に入って、水分取れ。あと、梅肉粒《りゅう》摂取しとけ」

梅肉粒は、発汗時のナトリウム補給錠剤でもある梅肉を凍結乾燥させた錠剤だった。その錠剤を、水分と一緒に摂取することを命じ、橋埜は自分も額の汗をタオルで拭いながら、日陰で下げていた水筒を開ける。

橋埜はくっきりとした切れ長の奥二重の瞳が印象的な、よく整った顔立ちを持っているが、暑さでうんざりした顔には若干の険がある。

「よーぉ！」

橋埜とは別の意味でよく響く声がかかるのに、木陰で水筒に口をつけていたメンバー全員が振り返り、会釈した。

必要以上に男の声が響くのは、地声が大きいせいだ。体格が異様にいい上、胸回りに厚みがあることも関係して、制圧第一班班長の犬伏和樹《いぬぶしかずき》の声はむやみに大きい。

性格的にもだが、まったく内緒事には向いていない男だ。

「何だ？　えらくへバってんじゃねぇか」

この猛烈な暑さと湿度にもいっこうに応《こた》えた様子のない呑気《のんき》そうな男の声に、橋埜は濡《ぬ》れた口許《くちもと》を拭いながら短く言い捨てる。

「帰れ、ゴリラ」

「えぇ？　ゴリラとか言う？」

犬伏は気を悪くしたふうもなく、ニカッと笑った。よく日に灼《や》けた肌に、健康的に並んだ白い歯が覗《のぞ》く。

「何だよ、この先、ヒルがいるから教えに来てやったのに」

「ヒルだと？」

橋埜の声に、若い隊員らがざわめく。訓練中の士気は高いが、そういう不快生物に対する生理的嫌悪感は普段の訓練とは別物だ。むしろ、街中育ちで普段はヒルとは無縁の隊員のほうが多いだろうから、よけいに得体の知れない恐怖感があるのはわかる。

「うわ、嫌そうな顔。お前でも駄目なものあるんだ」

「そういう不快生物には理解がないだけだ」

橋埜の苦手なものを知ったと楽しげな男に、あえて冷たい目を向ける。

「ヒルって、マジですか？」

隊員の怯《おび》えた声に、犬伏はにんまり笑った。

「おう、上からボッタボタ落ちてくるから、これも猪瀬《いのせ》管理官肝いりの特殊訓練の一環かと思っちまったぜ」

「アホか」

怯える隊員らを従えた橋埜は、それを一蹴《いっしゅう》した。

「ヒルぐらい、無線で言え、無線で」

「ヒルが降ってくるぞーってか。野っ暮な無線だよな。肝試しみたい」

大柄な男は、上からヒルが落ちてくる様子を派手なジェスチャーで示し、わははっと豪快に笑う。橋埜は形のいい眉をひそめた。

「だいたい、そんなもん降ってくるって言われたって、どうやって避《よ》けるんだよ」

ヒルに対する知識がないのは、橋埜も同じだ。そこそこ大きな寺の次男坊だが、実家はそれなりの街中にあったので、ヒルなどとは無縁の生活を送ってきた。

高校時代に林間学校で、誰かがオリエンテーリング中に噛《か》まれたという話を聞いた程度だ。実物は見たことがない。

SATも警視庁所属の対テロ用特殊部隊であって、他国のような軍所属の特殊作戦部隊とは性質が異なるため、こういった山中などでのサバイバルに関する知識も備えもない。

これも今後の要検討課題として、あとでレポートに上げておかねばと橋埜は思った。

「ヒルは塩に弱いから、塩水にひたしたタオルなんか首や足首に巻いとくといいんだけどな。肝心の塩がない。山の縦走っていわれた時点でちゃんと対策しときゃよかったんだが、最近縁がなかったから、ヒルなんて存在自体を忘れてたな」

犬伏はがっしりした顎を大きな手で撫《な》でる。

「野蛮人め、どうしてそんなこと知ってる」

こいつは本気でサバイバル向きだと、橋埜は呆《あき》れる。無人島に置き去りにされても平気で生き抜きそうな犬伏とて、こう見えても都内生まれの都内育ちのはずだ。

「昔、ボーイスカウトで山歩きした時に、一、二度出たんだよ。その時に習った」

「お前の口からボーイスカウトなんて聞くとはな。ちょっと意外」

半ば呆れて、橋埜は呟《つぶや》く。

「予想以上のお坊ちゃんで、恐れ入ったか？」

ふふんと楽しそうに笑うと、犬伏は休憩中のメンバーを見渡す。

「服のちょっとした隙間や靴の中に入り込んでくるから、暑いけど、極力肌は露出するな。タオルなんかぴっちり巻いて、落ち葉のあるところで立ち止まらないように。あと、お前のとこ、消毒スプレーかキンカン下げてきた？」

「両方あります」

今回、衛生品と応急医薬品一式を持たせた隊員が手を上げた。

「全員、首許と足首、手首に一通り塗っとけ。今、手持ちのもので出来る対策はそれぐらいだな。もし、潜り込まれて吸い付かれたら、無理に引っ張らずに火で炙《あぶ》って落とせ。消毒スプレーふっても落ちる。パンツの中は絶対死守しろよ。吸いつかれたら、えらいことになるぞ。それはいくら俺でも、助けてやれないからな」

大柄な男が腕を組んだまま、楽しそうに告げるのに、隊員らの口からも笑いが洩《も》れる。

言い終えて、あれ？…と男は首をかしげて橋埜を見た。

「何だ？」

「怒らねぇのな、いつもみたいに下品なことばっかり言うなって、叱《しか》られるかと思ったぜ」

ああ…、と暑さのせいでテンションの低い橋埜は答える。

「パンツの中は死守しろっていうのは同感だ。悪いが、それは守ってやれない。セルフで頼む」

有事の際の突入、武装した犯人の排除を目的とするＳＡＴは、隊員同士の連携を何より大切にする。実弾や爆弾、刃物などを持った相手に向かう以上、少しの隙が命取りとなり、人質を生命の危機にさらすからだ。

橋埜も十五名ほどの年下の部下を任されている以上、必ず部下らは守り抜くつもりだが、さすがに下半身については子供ではないので自己責任で頼みたい。

むしろ、そこまで守ってやるような過保護な男ではありたくない。

「なぁ、橋埜」

少し笑みを引っ込めた犬伏は、つかつかと橋埜のかたわらにやってくると、この男にしては珍しく声を潜めてきた。

「西本《にしもと》の班、今どこだ？」

ヒルは口実で、犬伏の目的はこっちかと、橋埜は腰の無線を取る。

「西本、今どこだ？」

橋埜は低く尋ねた。

——緯度三六《さんろく》・九四三《きゅうよんさん》、経度一三八《ひとさんはち》・一九四《ひときゅうよん》。峠《とうげ》からおよそ三キロ地点です。

少し間を置いて、ひとつ下の後輩で、制圧第三班を率いる西本の声が答えてくる。

橋埜は犬伏と顔を見合わせ、胸ポケットに入れていた地図を広げた。犬伏の指は一秒と置かず、西本の報告してきた位置を正確に指す。

ほとんど本能だけで生きているような体育会系の男だが、こういう作戦面においては脳内に何かインプットされているのではないかと思うほどに正確、かつ思考処理が速い。

そういった意味でも、サバイバル向きな男だ。

「西本の言う通りだと、あいつはうちの班とお前の班の間にいることになるんだがな」

見てくれよりもはるかに繊細な動きを見せるゴツい指の先で、犬伏は地図上の現在地と、犬伏の班が待機中の位置を辿《たど》る。

橋埜は溜息《ためいき》をつき、手にした無線の送話ボタンを押す。

「計測し直せ」

低い橋埜の声に、一瞬、無線の向こうで西本が息を呑む気配がする。

――すみませんっ！

「あいつ、GPSばっかり見てたんだろう。山中だと高度で狂うから、GPSなんてあてにならないぞって言ったのに」

犬伏はにんまりと悪戯《いたずら》っぽい笑みを浮かべ、尋ねてくる。

「どうする？」

「犬伏《おまえ》のところ、進行スピード落とせるか？」

「実際、うちはヒルが降ってきたからなぁ。もう本部に報告済みだし、まぁ、十五分程度はごまかせるかな」

「じゃあ、うちもヒルが降ってきたって言っとくか」

橋埜と犬伏のやりとりを聞いていた班員が、ほっとしたような顔を見せる。

ハードな訓練にも音《ね》を上げることのない屈強なメンツがそろっているとはいえ、この炎天下、少しでも休憩が伸びるのはありがたいのだろう。

「さっきの二叉《ふたまた》のところで、上じゃなくて下に降りる方に行ったんだろう」

大きな手で二叉に分かれる道のあたりを示す犬伏に、橋埜は頷《うなず》く。実際には地図上には等高線が描かれているだけで、道の表記はない。

「そんなに離れてもないな。ギリ十五分で取り返せるかなってところか」

「西本さ、さっき、俺が場所聞いたら『今、確認します』って言ったっきり、答えないでやんの。面倒な男だよな」

ふふんと笑う犬伏に、橋埜も苦笑する。

普段から西本は、とかく犬伏に対抗意識を剝《む》き出しにしている。犬伏に即答しなかったのは、班の進行状況を監視されているとでも思ったのか。

西本が自分に対して抱《いだ》く対抗意識や反発を知りながらも、あえて橋埜をクッション役にして、面と向かって西本の顔を潰《つぶ》さないように間違いを指摘してやるあたり、犬伏のほうがよほど度量が大きい。

しかも西本の遅れを、指揮班に気づかれない程度には待ってやろうというのだ。橋埜なら、自分に反抗的な生意気な後輩などはさっさと捨ててゆく。この懐の深さは、西本はもちろん、とうてい自分は太刀《たち》打ちできないものだ。

だからこそ、自分ではなく、この男がSATの中でも精鋭中の精鋭とも言われている制圧第一班を任されており、その士気はSATのどの部隊よりも高いといわれるのだろう。

ある一定の枠を逸脱できない優等生型の自分とは異なる、根っからのリーダー気質だ。そのおおらかさは、老若男女を問わず無条件に他人に好かれる。

犬伏はそんなことは気にも留めていない様子で、入道雲の高く重なる山の稜線《りょうせん》を眺めた。

「テロリストにハイジャックされた機が、パイロットの負傷によって真夏の奥深い山中に不時着なんて、今日もすっごい独創性に富んだ訓練で、俺、もう感激。猪瀬管理官のオリジナリティには脱帽ものよ。SATの訓練史に残るんじゃやねぇ？」

型にはまった画一的な訓練をなくし、様々な事態を想定して柔軟性と稼働力のある特殊部隊を作るとのモットーのもとに、斬新な訓練内容を編み出そうと日々頭をひねっていると噂の管理官に犬伏は笑う。

確かに一年半ほど前に管理官が替わってからというもの、次々と用意される訓練内容には、よくぞそんな設定を思いついたものだと半ばは感嘆、半ばは呆れる。

「レポートにそう書いてやれ」

「…レポートか。テンション下がった。面倒なこと、思い出させやがって」

そろそろ戻るわ、と犬伏は腰を上げる。

「なぁ、お前さ、暑いの大丈夫なの？」

「あぁ？」

橋埜は眉《まゆ》を寄せたまま、長身の犬伏を見上げる。

「暑いの苦手だろ」

橋埜は汗で額に張りついた前髪を手の甲でかき上げながら、小さく頷いた。

「まぁ、好きじゃねーな」

これだから、この男は困る。ぞんざいで無神経で大味なように見えるくせに、意外なところで細かく気遣ってきたりする。おせっかいだなと思いながらも、憎めない。むしろ、かまわれているのだとくすぐったいような気分になる。

「昨日の夜中に降った雨のせいで、湿度が半端ねぇよな」

「ちょっと想定外だな、この湿度。これはさすがに、管理官も計算してないだろうし」

橋埜は目を眇める。少し離れた場所は、蒸発する水分で、山道だというのに地表近くがゆらゆら揺らいで見える。道はぬかるむというほどではないが、油断していると折々に足をすべらせることになる。

しかし、そのために訓練条件が過酷だというのは筋違いだった。これ以上に厳しい気象条件、過酷な状況で事件が発生する可能性などいくらでもある。

橋埜や犬伏の仕事は、いついかなる状況であっても最善を尽くすことだった。

「まぁ、それでも進行スピード落ちてないのは、お前らしいけどよ」

男の言葉に、橋埜はわざとむっとした顔を作ってやる。

「落としてたまるか、俺のメンツにかけても。絶対にお前の班には引けをとらない」

犬伏は満足そうにニヤッと歯を見せて笑うと、下手な鼻歌を歌いながら駆け足でもと来た道を行ってしまう。

「…犬伏さん、走ってるよ」

「信じられねぇ」

どれだけ体力あるんだと、休憩中の班のメンバーから口々に呻《うめ》きに近い驚嘆の声が洩れる。

「あいつは脳味噌《のうみそ》まで筋肉でできてるんだ。真似すると死ぬぞ。無駄口たたいてないで、休めるうちに休んどけ」

男の背中を見送り、橋埜は木陰に戻る。

これだけの悪条件の道を班を率いて先頭を歩き、続く橋埜と道を外れた三班の西本の様子を窺《うかが》うために戻って、さらにまた自分の班の休憩場所まで走って戻るなど、犬伏以外の人間に出来るわけがない。

むろん、犬伏も馬鹿ではないので、自分の体力にまだまだ余力があることは十分に計算してのことだろう。

同期で同じ二十七歳だが、あの男の底なしの体力と気力、そして豪快な態度に隠された細やかな気遣いには、心底かなわないと思う。そして相手が犬伏に限っては、かなわないのが心地いい。

馬鹿だな、この暑い中、わざわざ顔見せに戻ってきやがって…などと、汗に濡れたタオルで額を拭いながら、橋埜はいつのまにか口許にうっすらと笑みを浮かべていた。


訓練後、橋埜は風呂上がりの濡れ髪をそのままに、ジーンズにTシャツの肩にタオルを引っかけた姿で、ロビーの安物の合皮のシートに腰かけていた。

さすがに今日の午後の縦走はきつかったと思いながら、今となっては珍しい木造の宿舎のレトロな造りの天井をしばらくぼんやりと仰いでいた。

「あー…、ビール飲みてぇーなぁ」

玄関から聞こえてきた男の声に、橋埜はわずかに目だけを動かす。

四日間にわたる山中での特殊訓練中は、陸自の駐屯地内で今は新人教育用に使われている古い木造施設で宿泊させてもらうことになるので、風呂も別棟の借り風呂だった。

間借りしての借り風呂なこともあって、橋埜と同じように短時間で汗を流し終えた犬伏が、お茶のペットボトルを手にどっかりと隣に腰を下ろす。何分、うなるほどに体格のいい男なので、その瞬間、少しシートが浮く。

どれだけデカくて筋肉質なんだよと、自身もかなり引き締まって背の高い橋埜は、横目にそんな男を眺めた。

橋埜自身、交通機動隊からSATへ動いた身で、リーダーを任されるまでにも隊員として凄まじいといえるほどの訓練を積んできた。生半可な男よりはよほど筋肉はついている。

しかし、大柄な犬伏の横にいると、橋埜でさえも細身に見える。

「お疲れ、ヒルは大丈夫だったか？」

尋ねてくる犬伏の短く刈り込んだ髪には、まだ雫《しずく》が光る。大雑把に見えても、身のまわりに関してはかなりきれい好きな男だ。

「…俺はおかげさまでな。ただ、靴の中に入り込んでて、ひとりやられた。傷よりも、初めてヒルにやられた精神的ダメージのほうがでかいみたいだ」

橋埜の言葉に、犬伏は苦笑する。

「あれは実物見ると、えぐいからな」

「俺も初めて見た」

橋埜は形よく整った鼻の上に皺《しわ》を寄せる。

「あんなグロい生き物、この世にいらねぇよ」

こぼす橋埜に、シートの背に腕を引っかけた犬伏はゲラゲラ笑う。

橋埜はそんな犬伏が、Tシャツとジャージを身につけているのを見た。

「…何？　お前、まだこのあと、走るの？」

一応、普段はSAT隊員としての訓練後も、寮に戻ってから走り込みという名の自主訓練はあったりするが、さすがに今日は無理だろう。

明日は縦走はないが、訓練そのものが暑さのために過酷なことが目に見えているのに、必要以上の消耗は無用だ。

「まぁな、皆バテてるみたいだから、今日はやめとくかと思ったところ。お前が走るなら、つきあうけど」

「俺をお前みたいな野蛮人と一緒にするな。ずっと繊細に出来てるんだよ。今日はもう寝る」

同期のよしみで、歯に衣着せぬ言葉を吐く橋埜を、犬伏は意外そうに見る。

「あれ？　お前は根性あるから、いけるかと思ったんだけどな。珍しく、えらくヘタッてんな」

「…暑いんだよ。足場の悪い山道は我慢できても、この暑さと湿度は論外だ」

訓練だから仕方ないけど、と橋埜は長い脚を組み直しながらつけ足す。

「俺もビール飲みたいな」

はー…、と立ち上がりながら、橋埜は呟く。

「訓練終わって、寮に戻ったら打ち上げやろうぜ、打ち上げ」

一緒に立ち上がった犬伏も、嬉しげに大きな手を揉《も》む。

日々、訓練に次ぐ訓練で、寮に戻ってもメンツは変わらない。平成二年に過激派による警察官の独身寮を狙った爆破事件で何人もの死傷者を出したことも鑑《かんが》みて、テロ対策部隊の隊員がテロの標的とされることを防ぐため、個人情報は警察の所属情報から抹消されている。家族や友人にも所属を明かせない。そのため、寮も他の部隊や部署とは独立した別個のものとなっている。

朝から晩まで、勤務中から寮に戻ったオフの時まで、顔を合わせるのは常に同じメンバーだった。始終行動を共にするために連携は密になるが、その分、鬱憤《うっぷん》もたまる。

オフ時の楽しみといえば飲んで騒ぐことぐらいだ。訓練中は飲酒は御法度なので、きつい訓練はその訓練あけに飲むことを目標にして乗り切るような毎日だった。

橋埜などは所属を偽り、涼しげな見た目をいかして適当に遊んでいるが、見た目よりもはるかに根が真面目で貞操観念の堅固な犬伏などは、モテるくせに自分の立場を偽ったり、遊びで女の子とつきあうような真似は絶対にしない男なので、飲み会の時にはとにかくはじける。

今回もそれを楽しみにしているのだろう。

二人して部屋に戻る途中、開け放された隊員用の部屋の前で、犬伏が中に向かって声をかけた。

「アキラ、もう傷口大丈夫か？」

「はい、すみませんでした」

四つの簡素なベッドが並んだ部屋の床に座り込み、何か作業していた青年は少し幼いような笑顔で答える。

第一班にタカハシが二人いるため、隊の中ではアキラという下の名前で呼ばれているこの青年は、高梁晄《たかはしあきら》という。

まだ二十歳《はたち》を越えたばかりで、ＳＡＴの隊員としてはやや細身だった。いわゆる最近の若者体型で、顔が橋梺でも片手でつかめそうなほどに小さく、目が大きい。もちろん年齢的に若いせいもあるが、顔立ちや表情にどことなくあどけなさが残っている。

配属されてすぐは他の隊員のように短く短く髪を刈り込んでいた高梁だったが、もともとの色白で童顔なことや、頭部の小ささ、痩身《そうしん》などもあって、どこか痛々しく見えた。

見てるほうがいたたまれなくなるから、もう少しだけ髪を伸ばせと犬伏に言われ、わずかに髪を伸ばしたのが形のいい頭によく似合っている。色素の薄さと柔らかい髪質のせいか、短髪であってもやさしい印象となった。

しかし、他の隊員に比べて幼く見えても、第一班に組み込まれているだけに敏捷《びんしょう》で、身体能力、反射能力などは人並み以上だった。短距離などは、隊で一、二を争う。逆に細身なその身体《からだ》つきを活かして、ロープ渡りや狭い場所での作業を得意としている。

目がやや吊《つ》り気味で大きいことと、身体が柔らかく身の軽いことから、仲間内では「猫」などと呼ばれていることもあった。

「アキラ、さっきヒルにけっこうやられたんだよ」

犬伏が肩越しに振り返って低く言うと、そのまま部屋の中へ入ってゆく。橋埜もその後に続いた。

「な、血は止まったのか？　見せてみろ」

犬伏の言葉に、風呂上がりらしき高梁は素直にTシャツを脱いでみせる。

身体は日頃の訓練で固く引き締まっているが、色が白い分、背中やわき腹に浮いたいくつかの傷口が妙に赤く生々しく見えて、橋埜は思わず目を逸《そ》らした。

しかし、犬伏のほうはまったく気にかけた様子はない。

犬伏のほうが当たり前といえば当たり前なのだが、橋埜が勝手に後ろめたく思うのは自分の中に隣の男に対するやましい想いがあるせいだろう。

「あー、風呂入ったせいで、また出血してきたなぁ。ヒルって、食いついた時に血を固めないような成分出すらしいんだよ。ヘタすりゃ、ずっと血が止まらないって。でも、止血剤使うほどじゃないな。ちょっともう一度、傷口よく洗って消毒して、絆創膏《ばんそうこう》貼っとけ」

丁寧に傷口をチェックする犬伏に、高梁は嬉しそうな顔を見せて頷く。

ああ、この子、犬伏《こいつ》のこと、好きなんだよなぁ…、と橋埜は他のSATメンバーに比べると、少し長めの前髪をかき上げながら思った。

高梁はもとが素直ではにかみがちな性格もあって、人と話す時にはよく赤面しているが、犬伏と話す時には本当に嬉しそうな顔で、いつもうっすらと頰《ほお》を上気させている。色が白いため、それがよけいに目立つ。

猫などと呼ばれていても、犬伏を目の前にした時の表情はまるで子犬がちぎれんばかりに尻尾を振っているようでもある。

警察官だったらしい父親は小学校高学年で、母親は高校在籍時に亡くなったために、児童養護施設を経て、高校卒業後に警察学校へと入ったという。高梁の配属時の申し送りで、親兄弟がなく、少し気の毒な生い立ちの持ち主だと、課長の湯浅《ゆあさ》から聞いていた。

そんな寂しい過去からくる、親しい存在への憧れなどもあるのだろう。面倒見のいい犬伏を、高梁がSATの配属時から兄のように慕っていたことは知っている。

飾り気のない佇《たたず》まいや計算のない表情などから、さらに犬伏に対する兄弟以上の想いのようなものが読み取れて、何か色々と…、と橋埜は目を伏せる。

胸の奥が苦く痛んで、どうにもいたたまれない。

「しっかし、まぁ、お前、いくつ持ってんだよ、ツールナイフ。本当に好きだよなぁ」

犬伏は傷のチェックを終えると、さっきまで高梁がかがみ込んで手入れをしていた小型ナイフを覗《のぞ》き込んだ。

高梁が手にしていたのはヴィクトリノックスのもので、スイス軍が採用している缶切りや栓抜きなどの用途を備えた多機能型のツールナイフだった。

軍用ナイフといっても、ツールナイフは武器ではなく、当初、野外用の戦闘糧食を食べるために携帯することを考えて作られた折りたたみ式のナイフだった。そのため、缶切りや栓《せん》抜きなどといったこまごまとしたツールがいくつも組み込まれている。切れ味と機能性とでアウトドアでも人気があって、用途や種類、サイズも多い分、コレクターも多い。

最近では山岳隊やレスキュー部隊などが専用に用いる、レスキューツールを組み込んだナイフも、専用品として販売されているほどだった。多分、並んでいるナイフのうちの大ぶりなひとつは、その専用品だ。

あとのひとつはモンキーレンチなども組み込まれた、完全に工具つきのナイフだ。これはどこのメーカーのものかはわからないが、高梁自身が基本的にこういった機能的な工具を集めることが好きなのだろう。

「馬淵《まぶち》さん、好きそうだな」

橋埜は、武器オタクな上に完全にツールコレクターでもある、技術支援班の班長である先輩の名を挙げる。

ナイフのコレクターは一定数いるし、橋埜自身も海外の特殊部隊での研修時にナイフの扱いをみっちり仕込まれているので、切れ味や質感に惹《ひ》かれていくつも集めたくなる気持ちはわからないこともない。

広げた布の上に大事そうに並べられたナイフを眺め、犬伏は苦笑する。

「お前、三本も持ってきたら、銃刀法でしょっ引かれるぞ」

「これでも選んで持ってきたんですけど、まずいですか？」

銃刀法などと言われたせいか、高梁は少し心配そうに呟く。

本当に子供がオモチャを下げてくるような感覚で、コレクションの中から懸命に選んで持ってきたのだろう。

そういうあたりは年相応の無邪気さがあって、橋埜の目から見ても本当に可愛い後輩だと思う。

「まぁ、大事にしてるのはよくわかるし、山行くなんて言われたら、やっぱり持っていきたい、使ってみたいって思うもんなぁ。俺もひとつぐらい、何か買っとこうかな」

これなんか面白いな、と犬伏はひょいと高梁が研いでいたひとつを手に取り、いくつも折りたたまれたツールをひとつずつ引き出す。

「これ、のこぎりか？　こんなに小さくて切れるのか？　歯は、いい感じに鋭いな」

どれ？…と手に取ったのこぎりの歯の部分を指先で撫でる犬伏に、高梁は頷く。

「けっこう、キャンプや釣りなんかに行くと使えますよ。拾ってきた木のちょっとした枝を落としたりするのも楽ですし。アウトドアには、一本あると便利でお勧めです」

「ふーん、よく出来てるなぁ。ちゃんと使ってあるし、手入れもいい」

犬伏はブレードを矯めつ眇めつしながら、まるで子供を誉める教師のような口調で、楽しげに聞いている。そして、ほれと橋埜に差し出してくる。

「機能美っていうのかな、うまくまとまってて持ち歩きたくなるのは、まぁ、わかるな」

色々ついてるな、と橋埜もいくつかのツールを引き出し、グリップごと手のひらの上で何度か回転させた。

「バランスがいい、ちゃんと中心が軸になるように計算して作ってある」

橋埜が呟くと、高梁はさらにふわぁっと頬を上気させる。

本当に好きで集めているのだろう。自分の大事にしているものを誉められて嬉しい…、そんな素直な表情が何とも可愛らしくて、橋埜は苦笑する。

犬伏がちょいちょいと高梁の腕をつついた。

「ナイフの扱いなら、橋埜に聞けよ。すっげーぞ、ドイツのGSG－9《ゲー・エス・ゲー・ノイン》仕込みだからな」

「あ、お願いします」

青年は少し目を見張ると、大真面目に頭を下げてくる。

「そんな、かしこまって教えるほどのもんじゃないよ」

「うっそ、俺、ナイフではお前とはマジでやりあいたくないわ。あれはヤバい。速いし、二本でも平気で振り回すし…、絶っ対、無理」

信じらんねー…、と前に隊員らにナイフの使い方をレクチャーした時、相手役を務めた犬伏は肩をすくめた。

「二本使う時は、一本は防御用だ。逆手に持って、相手の武器を受け流すのに使うんだって言ったろ？」

「そう言いながら、お前、その逆手で俺の右鎖骨狙ったじゃねーか」

「狙っただけだ、空いてるなと思って。第一、あのナイフ、訓練用で切れないし。ちゃんと、グリップ部分使って止めただろ」

「止めたっていうか、グリップで小突いたろ？　防刃服の空いたところ」

「そうだっけ？　柄《つか》打ちっていうんだよ、あれ」

ナイフといっても、刺したり突いたりという道具ではなく、どちらかというと刃の峰《みね》部分やグリップを打撃用に用いたり、相手を引き倒す道具として用いる。血の飛ぶイメージとは異なり、打ちつけて戦闘力を奪うための利用がもっぱらだった。斧《おの》やハンマーなどといった打撃具よりもさらに軽量で小回りが利くため、接近戦で活用されることが多い。

まだＳＡＴ内ではメイン武器ではないが、接近戦を極める他国の特殊部隊では、ナイフをより効果的に使う前に人体解剖学を専門的に学ぶ。

犬伏自身は体格、腕力共に人並み以上にあるため、接近戦では銃そのものやハンマーなどを打撃具として用いる方が得意だった。ナイフなど使わなくても、十分にパワーで白兵戦を乗り切れる。

そういう豪快な力業になると、橋埜はやはりとてもこの男にはかなわない。

「本当に怖い男だな。ここ狙いやがるの。防刃服の隙間の致命傷になるところ」

犬伏は大きな手で、自分の鎖骨上をカツンとたたく。

「すごいですね、犬伏さんを仕留めたんですか？　一度、見てみたいです」

練習であっても自分のリーダーを仕留めたと聞いて、高梁は本気で目を見張っている。

俺と違って、スレてない分、本っ当にこいつは可愛いんだよな…、と胸の奥に後ろめたさを隠しながら、橋埜は自分を憧れるような目で見上げてくる後輩に、微笑《ほほえ》みかけた。

両親を失いながらも、高校卒業後には父の遺志を継ぐように警察へと入った高梁とは異なり、二十歳の頃の橋埜と言えば、男子校から共学の大学へと進み、何か箍《たが》が外れたように女の子を引っかけまくって遊んでいた。

俺にはこういうピュアさはなかったよなーと、今さらながら後ろめたくて、普段はポーカーフェイスに近い橋埜もつい高梁に微笑みかけてしまう。

「そのうちにな。狭い場所で銃が使えない時を想定した訓練もあるし」

「最近、白兵戦にも重点置いてるもんな。発砲できない狭い場所で、いかに犯人を無力化するかの訓練。打撃メインの格闘術な」

直接に教えてもらえると聞いて、本当に喜んでいるのだろう。

高梁のあまりの邪気のなさに、珍しく歯切れの悪い返事をする橋埜に、青年は心底嬉しそうに頷いた。

II

三日目の山中での過酷なハイジャック想定訓練が終わって、宿舎に戻ってきた橋埜と犬伏の二人は、肩を並べてそれぞれの部屋に戻るところだった。

「あー、西本はいちいち、めんどくせーな。あのアゴ」

何だ、ありゃー…、と訓練中も何かと自分に対抗意識を剝き出しにしてくる西本がさすがにめんどうになったのか、汗で濡れた戦闘服の上着を手に犬伏がぼやく。

今日は、神奈川県警のSATの前でも犬伏を牽制《けんせい》するような動きをして、一時的に連携が乱れたため、向こうの隊長がいささか同情的な顔を見せたぐらいだった。

アゴというのは、銭形《ぜにがた》警部を思わせるような割れ顎を持つ西本に対して犬伏がつけたあだ名だ。マッチョな逆三角形型の体格を持つ西本本人は、常々自分のことをかなりのルックスだと思っているようで、それを意識したような発言も多い。

だが、端《はた》から見ている分にはせいぜいが中の上といったところだ。そのあたりも含めての揶揄《やゆ》だ。

犬伏に対して挑戦的な言動が多いのも、西本としては見た目の系統が同じワイルド系だと考えているせいではないかと思う。少なくとも、常々冷静さを評価されている橋埜とは、まったく系統が違うことはわかっているらしい。犬伏と同じ班長格であっても、対抗意識を剝き出しにされたことはない。

それもあってよけいにライバル意識を持つのではないかと犬伏に言ったところ、ネガティブな表情の少ないこの男にしては珍しく、かなり嫌そうな顔をされた。

「それだけ愛されてるんじゃないの？　俺には別に淡々としたものだし。あれだけお前を意識してるっていうのは、ある種の憧れもあるんだろうしさ、ちょっと歪《ゆが》んだ愛情の裏返しだって思っとけよ」

今日も橋埜の言葉に、犬伏は露骨に顔を歪めてみせる。

「いらねーよ、そんな愛情。気色悪い。とりあえず、訓練中は言うこと聞けっていうんだ、毎回毎回つっかかってきやがって。あー、俺もお前みたいにクールにアゴをいなしたいぜ。アゴさぁ、お前の言うことはけっこう素直に聞くよな？　橋埜さん、橋埜さんって言って頼るしさ。愛されてるんだったら、お前じゃないの？」

「気持ち悪いことを言うな。お前に頼りたくない分、俺に頭下げてるだけだろ」

橋埜はつっけんどんに言い捨てる。

橋埜自身、公言していないだけで性的に男もいけないわけではないが、自意識過剰な西本に関しては端《はな》から対象外だ。そもそも橋埜が女には不自由しないだけに、男の好みはうるさい。

うるさいというよりも、むしろ今は犬伏限定だ。犬伏でなければ、体格が似たような相手であっても無理だ。性格や、これまでの信頼関係込みでの気持ちだった。

第一、この仕事柄、男を喰《く》うのはかなりリスキーだ。別にそんなリスクを好んで犯すほど、飢えてもいない。

「なぁ、何か騒がしいな」

部屋に入りかけた犬伏がバタつく廊下を振り返るのに、橋埜も一緒になって長い廊下を振り返る。

食事までの束の間の自由時間で賑《にぎ》やかなのはわかるが、命令調の声が聞こえるのには、確かに違和感を覚える。

「何だ？」

犬伏が呟くのに、橋埜は首をかしげる。

「――部屋を出て、壁際に並べ！　直《ただ》ちに荷物から手を離して、外に出ろ！」

叫び声は年配の男のものだ。あまり聞き慣れない声は、神奈川からＳＡＴに同行してきた管理官のものだろうか。

号令にあわせて部屋の外に直立不動で並ぶ隊員らを眺め、橋埜は眉をひそめた。

「なぁ…、もしかして…、抜き打ちの荷物検査か何かじゃないか？」

「そんな、高校生じゃあるまいしさ。まだ警察学校の寮ならわかるけど、いくら若いったって、皆二十歳越えてるだろ？　荷物検査なんて…」

あるわけ…と言いかけた犬伏が真顔となり、やがて無言で走り出す。橋埜も、すぐにその後を追った。

「すみません、叶沢《かなざわ》管理官。何事でしょうか？」

橋埜以上にコンパスの大きな男は、神奈川県警の管理官の前で直立不動の姿勢を取って尋ねる。

「アルコールを持ち込んだ者がいるらしい」

論外だと言わんばかりの険しい表情で、管理官は言い捨てた。

「アルコール…」

犬伏に肩を並べた橋埜は、男と顔を見合わせる。確かに持ち込みは厳禁だが、飲んで大騒ぎをしたというのでなければ、そこまで四角四面に捉《とら》えられるのも厳しい問題だ。

規律上、自分達が持ち込むような真似は絶対にしないが、もし部下が持っているのを見つけたとしたら、取り上げた上で罰として五キロ程度走らせて終わる。上への報告はなしだ。

その程度の話だ。

必要以上に大ごとにすると、隊員の経歴にも傷をつけることになる。

しかし、その間にも隊員らを部屋から出し、もうひとりの管理官がそれぞれの手荷物をひっくり返している。神奈川県警の管理官が、警視庁ＳＡＴの手荷物を検査することに対して、管轄外の越権行為だと異議を唱えるだけ無駄だろう。

すでにこれだけ高圧的な態度を見せている分、向こうも引っ込みがつかなくなる。

ただのガセであってくれればいいがと思いながら、橋埜が犬伏と共に後ろで手を組み、その様子を見守っていると、部屋の中から声がかかった。

「叶沢管理官！」

廊下に並んだメンバーの顔を見ると、犬伏の班員らの部屋だった。緊張した面持ちで並ぶ隊員らの中に、高梁の顔もある。

横目に犬伏を見ると、表情は動かさないまま、無言で経緯を見守っている。

中から呼ばれて入った叶沢管理官と共に、もうひとりの管理官が出てきた。

手には布の袋を持っている。

管理官はざっと袋を逆さまにして、一昨日《おととい》、高梁が手入れをしていたツールナイフを廊下の床にぶちまけた。

高梁がすっと青ざめるのと共に、犬伏がわずかに眉の端を上げるのが見えた。

まずいな…、と橋埜は思った。

寮内ではコレクションとして持っていても別にどうということのないものだが、こんな抜き打ちの荷物検査で何本もナイフを所持していたということになれば、槍玉《やりだま》に挙げられるのは目に見えている。

特に、当初目的のアルコールが見つからなかった場合は、検査を正当化するためにも必ず処分が下される。

「誰のだ⁉」

高圧的な管理官の声に、並んで立っていた高梁が一歩前に出た。

「私です」

顔が緊張に強張っているのがわかる。

「そこに立っていたまえ！　追って処置する。他は部屋に戻ってよし」

軍隊じゃないんだからと溜息をつきつつ、橋埜は次の部屋へ入ってゆく二名の管理官の背中を見送る。

その横で犬伏が黙ってすっと動き、高梁のすぐ横に並ぶと、後ろに手を組み直立不動の姿勢を取った。

丈高い男が何も言わず、自分を守るようにすぐ隣に立ったことに、一瞬、高梁の顔が泣き出しそうに歪むのが見える。

これだから、この男は…、橋埜は思いながら、廊下に散らばったナイフを集め、元のように布の袋に入れて、無言で犬伏の前に差し出した。

感謝の印をわずかに瞬《まばた》きだけにとどめ、犬伏は黙ってその袋を受け取ると、後ろ手に袋を保持したまま、高粱の隣に立ち続ける。

こいつはいつもこうして、何の打算もなしに黙って人を懐に入れてしまうのだと、橋埜は自分よりも高い位置にある男の肩を、ポンと軽く握った拳《こぶし》で突いた。

橋埜自身も、この男のこんなところに魅《み》せられるのだと…。

うつむく高粱の横で、犬伏は顔を上げたまま、まっすぐに立ち続けていた。


「馬淵さん、すみません、いいですか？」

必要以上に事を荒立てないようにと、橋埜は別室にいるひとつ上の先輩隊員である馬淵のもとへと、目立たぬように行って声をかけた。

「どうだ、アルコールのほう、出たか？」

ベッドの上に脚を投げ出し、膝《ひざ》の上でモバイルを操作していた馬淵が声の調子を落として尋ねてくる。

馬淵はＳＡＴの技術支援班班長で、出動時は特殊武器による工作や電子処理、敵の所持する武器の解析、突入時の特殊梯子《はしご》の設定などと、突入時の動きを全面的にサポートするチームをとりまとめている男だった。

浅黒くて、ひょろりと背が高い痩身の男だ。

「まだみたいですね。多分、持ち込んだとしたら神奈川の連中ですけど、昨日中に飲んでるんじゃないですかね？」

「あー…、だわな。犬伏、さっきから高梁と一緒にずっとあそこに立ってるけど」

腕の時計に目を落とし、すでに三十分近く立っていることになるのかと、橋埜は眉を寄せた。食事前の風呂も、結局、その後の動向が気になって行けずにいる。

駐屯地内の浴場を借りられる時間には制限があるので、最悪は後で外で水でも浴びるはめになるかもしれないが、夏なので風邪をひくこともないだろう。

「ある意味、あれはあれで、管理官サイドにプレッシャーかけてるんでしょうけど」

表向きの恭順の意味合いとは逆に、おそらく過剰な締め付けと、神奈川県警から警視庁SAT隊員への越権行為に対する無言の抗議もあるだろうと橋埜は読んでいた。

「そう取るか。まぁ、そうだわな。修学旅行じゃないんだから、この歳《とし》になって抜き打ちで荷物検査とかはないよな。頭に来るぜ」

ひょろりと背の高い、痩《や》せ型の男は頷く。

「高梁が持ってたツールナイフって、何本？」

「三本です。ひとつは汎用性のある九センチので、金属のこぎりやプライヤーなんかもついてるやつ。もうひとつは完全にレスキュー用って書いてある、レスキュー隊に向けて販売されてる特殊仕様の派手なレスキューナイフです。あとはどこのメーカーのか知りませんが、モンキースパナとかついてるものなので、大型ですけど見れば工作用だってわかります」

馬淵は不可解そうな顔となる。

「なぁ、何でそれが問題になるの？　俺もツール一式、工具箱に持ってきてるけど」

「ナイフ形状なのが問題なんだと…。こういうのは問題視した者勝ちなところありますから」

「ああ？　問題にした方が勝ちなの？」

「アルコールが出なければ、間違いなく責任のすり替えのために槍玉に挙げられます。何か他にもっとすごいのが出てこない限りは」

やってられないな、と馬淵は顔を歪めた。

「あと、馬淵さんのは技術支援班の工具箱として持ってきているのであって、高梁のは私物っていうのがまずいんじゃないでしょうか。いわゆる銃刀法の『業務その他正当な理由による場合』に該当しないっていうのか…」

「それ言いだしたら、水掛け論だろ。本人は使うと思って、持ってきたんだろ？　しかも、本人が警察官だし、実際、高梁は身が軽くて狭いところで作業するの得意だから、突入時の一班での作業要員担当してるじゃないか」

馬渕の言葉通り、高梁は工作機器関係の呑み込みが早いらしく、一班の中では技術支援班と連携して動く役割をよく振られている。そのため、馬渕にも色々目をかけられていて、時折、冗談交じりに技術支援に来いなどと言われていた。

「昨日も、ちゃんと手入れしてましたしね。多分、訓練中も工作用に所持してたと思います。それについては犬伏に説明させます。すみません、その線でちょっと擁護してやってもらえませんか？　技術支援班ともちゃんと連携してるって。用途さえ説明すれば、言い抜けられないこともないと思うんですよ」

「言うよー、なんでこんなつまらんことで、いちいち荷物ひっくり返されなきゃいけないいんだよ。さっき、叶沢のオッサンさ、俺のスケジュール帳まで勝手に開いて、わざとエリナの写真のところで開いたままにしてあるんだよ。何だ、あれ？　プライバシーの侵害だっつーの」

セクシー女優の霜嶋《しもじま》エリナをこよなく愛し、ファンクラブにまで入っているという馬渕は、鼻息荒く憤慨する。

「だいたい、エリナの魅力がわからないようなボケナスは男じゃねぇ！」

「美人な上にスタイルいいですもんね」

「だろぉ？」

目を剝く馬淵に、橋埜はおとなしく同意しておく。ちょっとお色気過多で気が強そうなので、自分は食傷気味だなどと余計なことは絶対に口にしない。

「ツールナイフもさ、デザイン性も高いし、少しずつ組み込まれたツールが異なるから、高梁がコレクションしたくなるのもわかるっていうのかな。あれはナイフって名前はついてるけど、それ以前に道具としての集約された機能美があるわけよ。一概にナイフだから禁止って枠でくくればいいっていうもんじゃないんだよ！」

「ですね」

「そこらの馬鹿な中坊やちんぴらがイキがってバタフライナイフ持ち歩くのとは、わけが違うんだよ、わけが！　そういう男の美学、コレクターの美学っていうやつがわからないような野暮天は、黙ってろっていう話だ」

銃火器の専門家であり、かなり重度の武器オタクでもある馬淵は滔々《とうとう》と語り、高梁の肩を持つ。

そこへ、すみません、橋埜さん…と顔を出しに来たのは、一班で次の班長になるのではないかと目されている飯田《いいだ》だった。

犬伏ほどではないが、長身で体格もいい。能力的にも優秀な男だった。だが、普段はとにかく寡黙なタイプなので、こうして自分から何か声をかけてくるのは珍しい。

「どうした？」

「…いえ、お邪魔して申し訳ないです。うちの高梁のことで…」

部屋の入り口に立ったまま、無骨な男は頭を下げる。

「ああ」

「すみません、よければ猪瀬管理官に話通させて頂けないかと思いまして…」

出過ぎたことを言って申し訳ないですが…、と飯田は低く断る。先輩の頭越しに勝手に動くのはまずいと、断りにきたらしい。

「高梁、モテモテじゃん。本当にお前ら、暑苦しいぐらいに後輩思いだよね」

「…いえ、出過ぎた真似ですみません」

ほとんど表情の動かないままでかしこまる後輩に、これはまた、犬伏《あいつ》には優秀な後釜《あとがま》がいるねぇ…、と橋埜は目を細めた。無口で表情薄くは見えるが、高梁の窮状には黙っていられないらしい。普段の犬伏を見ているから、こういう行動に出られるのか。

オッケー、と橋埜は頷く。

「俺、今から行って、猪瀬管理官に行き過ぎだって、神奈川サイドに抗議してもらうよう頼んでみるから」

「じゃあ、俺も行くわ」

馬淵は膝の上のモバイルの電源を落としながら立ち上がる。

あのっ、と飯田は慌てた様子で部屋の扉に手を突く。この普段はあまり大声などは出さない男にしては、珍しい反応だった。

「すみません、よければ俺も…」

「いいよ、来いよ」

本当に高梁がこの強面《こわもて》にモテてるんじゃないだろうなと思いながら、橋埜は頷く。それとも、やはり高梁の境遇を知るだけに必要以上に気にかかるのか。

「当の訓練以外に、こんなことで時間取られんのは馬鹿馬鹿しいけど、まぁ、犬伏もお前みたいな同期持ってラッキーっていうのか」

やれやれと言いながら、馬淵は橋埜らと共に部屋を出る。

「同じような状況になれば、多分、犬伏も同じように動いてくれると思いますけど」

「まぁ、そうだろうな。犬伏《あいつ》はそういう奴だし」

馬淵は頷いた。

「でも、お前ら同期だろ？　そのお互いに対する信頼関係みたいなのは、ちょっといいな。俺、SATには同期いないからなぁ」

「これが馬淵さんでも、動きますよ」

橋埜の言葉に、馬淵はぐいと首に腕をまわし、うりゃうりゃと髪の毛を乱してくる。

「お前は、けっこうクールそうな見かけによらず、熱いよな。そういうとこ、犬伏が頼りにするのもわかるわ。まぁ、俺がこんな目に遭わされることがあったら、よろしく頼むな」

痩せた見かけによらない強い力で橋埜の首をぐいぐい締め上げながら、馬淵はほら行くぞ、と後ろをついて歩く飯田共々、管理官へのもとへと促した。

III

「では、無事の宿泊訓練終了を祝して、乾杯」

食後、打ち上げのために寮の食堂に集まった総勢六十名ほどのSAT隊員らの前で、涼しげな顔でビールの注がれたグラスを掲げるのは、同期の橋埜祐海だった。

普段から無駄を嫌う冷静沈着な性格のままに、乾杯の音頭も潔《いさぎよ》いまでに素っ気ない。訓練中、あれほど問題になりかけた荷物検査ですら、まるでなかったかのような顔をしている。

もっとも今さらあげつらわれても、ただ面倒なだけだが…と、犬伏は友人のさらっとした性格に感謝する。

「乾杯ッ！」

ナイフについての騒動も、とにかく責任はすべて自分がかぶるからと頭を下げ、内々での訓告処分のみでとどめた犬伏は、景気よくグラスを上げておく。

乾杯直後は注ぐの注がれるので大騒ぎして、とにかく真夏の山中での過酷な訓練が無事に終わった憂さ晴らしとばかりに、わーわーと盛り上がっているところへ、当の橋埜がやってきた。

「よう、今回はお疲れだったな」

飲めよ、と景気よくビールの新しいリッターを開けた橋埜は、犬伏のグラスに注いでくれた。

橋埜は犬伏と並んでSAT制圧班のチームリーダーをしているくせに、えらく知的に整った顔の男で、スーツなどを着て黙って立っていれば、普通に制服組、キャリア組にも見える。

しかし、こう見えても、三、四人ぐらいの男は素手のままの立ち回りで平気で伸《の》せる男だった。CQCと呼ばれる近接格闘術を得意としている男で、ナイフを持たせれば、多分、十人ぐらいはまとめて相手に出来るぐらいの腕は持っている。

だが、それも黙っている分にはわからないような、すらりとした優男《やさ》だった。

奥二重の切れ長の目はよく言えば涼しげ、悪く言えば少し冷たいような印象だが、何だかんだでSATで同じ制圧班の班長を任されるようになって以来、色々と犬伏のフォローにまわってくれる。

いわゆる文武両道型で頭がよく、目端が利く。犬伏と違って語学力もあるので、ドイツの特殊部隊に数ヶ月の研修に赴いたほどだった。能力は高い。

こちらが頼まずとも、黙ってフォローについてくれる間合いが何とも心地よくて、ついつい甘えてしまう男だった。

同期で気安い、気心が知れているというせいもある。こういう男と並んで隊を率いることが出来るのは、かなり恵まれている。自分のような根っからの体育会系とは異なり、こうした知的で冷静なタイプが二班の班長というのは、上手くバランスが取られているなと思う。

「こっちこそ、ずいぶん助かった」

注がれたビールをひと息に空け、犬伏は精一杯の感謝をこめて橋埜のグラスに注ぎ返す。越権行為にあたると、橋埜がこっそりと警視庁サイドの猪瀬管理官に働きかけてくれたおかげで、向こうの当初の気勢がずいぶん削《そ》がれたようだ。

「高梁、気にすんなよ。運悪く槍玉に挙げられただけで、お前じゃなかったら、誰か別の奴が引っかかってただけだからな。俺の霜嶋エリナだって、難癖つけようと思ったらいくらだってつけられるんだ」

同じテーブルで恐縮した表情を見せる高梁のところへわざわざビールを注ぎに行ってやり、にやついたのは馬淵だった。

「どっちみち、うちか神奈川ＳＡＴの班長格が誰かしら頭下げなきゃならなくなるのは、検査始まった時点で決まってたようなもんだし。班長なんて、上に頭下げるためにいるようなもんだからな。気にすんな、気にすんな。せいぜい仕事させてやれ」

まだ二十歳を過ぎたばかりの高梁を励ます馬淵自身も、今回、処分軽減のため、色々と管理官に働きかけてくれたと聞いている。

「別に頭のひとつやふたつ下げるのなんて、何ちゃーないです！　反省文でも何でも、徹夜で書いてみせますよ！」

犬伏が厚い胸板をどんとたたくのに、普段からクールな橋埜は横顔だけで笑う。

「掛け値なしで、本当に徹夜してたよな」

「うるさいよ。俺はお前と違って、あんなかしこまった文章書くのは苦手なんだよ。お前なんて思ってもいないこと、よくあれだけつらつら書き連ねられるよ」

「生き抜くための建前っていうやつだ」

イーッ…と顔をしかめて見せる犬伏に、橋埜はしれっと言ってのける。

「しかしまぁ、神奈川県警のはめんどくさい…、もとい、非常に教育熱心な管理官達だった。神奈川は何かと連携多いから、今後とも気をつけてくれや」

頼むぜと馬淵がグラスを揺らすのに、修羅場をくぐり抜けたとひと息ついた犬伏は景気よく返事をする。

「うっす！」

真夏の暑さもあって、過酷な訓練を終えたばかりで、全体的に高揚感がある。

北関東に位置するためにクーラーもなかった間借りの古い木造宿舎から、旧式ながらも景気よくガンガンに冷気を吐き出す冷房を備えた寮の食堂に戻ってきたせいもあって、すぐに宴会は無礼講となった。

大量に並んでいたビールの缶が、焼酎《しょうちゅう》や日本酒へと変わる頃には、アルコールに弱い者は真っ赤になって意識を飛ばしかけていたりする。

基本が体育会系なので、そうなってくると隊員のほとんどが独身の二十代前半なせいか、無礼講を通り過ぎて収拾がつかない事態になってくる。

端のほうで誰かが悪ふざけで野球拳などを始めたのを皮切りに、犬伏らの周囲は比較的年《とし》嵩《かさ》の二十五前後の隊員らの間で、王様ゲームという名の罰ゲームが始まっていた。

最初は寮の周囲を三周走ってくるだの、ビールの一気飲みといった体力的な罰ゲームに近かったのが、十時を回って酔いがまわるにつれてメンタル面でも悪乗りしはじめた。

半裸で身体に変な顔を描いてヘソ踊りだの、三番がはいてるパンツを五番を引いた奴がかぶるだの、エスカレートした命令はほぼ嫌がらせに近い。目的は、どれだけメンタル面でダメージを与えられるかに取って代わっていた。

参加していなかった隊員まで無理に巻き込み、すでに食堂内は目も当てられない様相を呈している。

「次っ、俺が王様っ！」

割り箸を振りながら叫んだのは、すでに顔中真っ赤になった馬淵だった。

普段は比較的面倒見がよく、フォロー力に長《た》けた気もいい先輩だが、いかんせん酔うとかなり気が大きくなる。ノリも無茶苦茶だ。

「者ども！　さっき、俺様にパンツをかぶせてくれた復讐をしてくれるわっ！」

他人のパンツをかぶらされた対策に、風呂で使ったタオルをターバン状に頭に巻いたままで叫ぶ馬淵に、えー…という失笑と共に、勘弁してくれなどといった声が上がる。

「よし、八番っ！」

八番っ…、と手を上げた犬伏は、さっき、かたわらの真田の腹に下手な顔をマジックで描いてやったばかりだった。かなり酔いはまわっている自覚はあるものの、もともと下手な絵は下手なりに、ちゃんと顔になっていた。まだ理性は残っているつもりだった。

「おーまーえーかーっ」

ぎゃはははっ…、と馬淵は妖怪じみた高笑いを見せる。

「じゃあ、犬伏が十二番にチューだなっ！　ざまーみろっ！」

「ざまーみろって…、まーた、馬淵さん、勘弁して下さいよ。馬淵さんにパンツかぶせたのは、俺じゃないじゃないですか」

犬伏はげんなりした声を出す。

警察そのものが根っからの体育会系組織なので、ただでさえ王様の命令は絶対なところに持ってきて、ひとつ上の馬淵が言い出した命令なので、気を変えてくれない限り、男同士のチューは絶対となってしまう。

いくら女っ気がない環境とはいえ、あまりに不毛だ。

「もはや、相手は誰でもいい。『復讐の炎は地獄のように我が心に燃え』ってやつだな」

「何ですか、その復讐は地獄の何ちゃら…ってーのは」

馬淵が口にしたモーツァルトの超絶技巧のアリアのタイトルなどにまったく理解のない犬伏は、また酔っ払いがわけのわからないことを言いだしたと大きな手で頭をかく。

「もう…、俺、代わりにパンツかぶりますから。チューは勘弁して下さいよ、不毛ですから。馬淵さんのパンツでもいいっすよ、こうなったら」

「うるさいっ、俺のパンツは、お前にかぶせるためにはいてるんじゃねぇや！」

酔っ払って半ば理性の跳んでるような馬淵は、屈辱を晴らす相手は誰でもいいのだと、嬉しそうな高笑いを上げるばかりだ。

「犬伏が十二番にキスッ！　誰だ、十二番っ！」

「俺です、十二番」

馬淵の声に、いつものようにクールな表情で手を上げたのは橋埜だった。

おおっ…、と酔いがまわってどんな理由でも盛り上がりたい周囲が、手を打ってやんやと囃《はや》すが、橋埜は別に動じた風もなく立ち上がる。

ほとんど動揺のない顔を見ている分には、馬淵の無茶な命令が理解できているのかもわからないぐらいだった。

「よしっ、犬伏が橋埜にキスッ！」

「…いや、俺はチューは女の子としたいっていうか…、今、チューなんかして、明日からこいつとどんな顔を合わせればいいのか…、ちょっと勘弁して下さいよ」

相手を橋埜と見て取った犬伏は、ここにきてさらにひるみ、頼みますよと、無茶な指名に立ち上がったまま、馬淵を拝む。

普段、何事においても大雑把といわれる犬伏だが、こういう性関係についての考え方はかなり固い。正直なところ、後輩らに女の子は大事にしろ、浮ついた気持ちで安易に手を出すななどと説教をして、ウザがられるタイプでもある。

ふざけたノリでキスなどとは言語道断、相手に失礼だと考える人間だった。

これまでにつきあった相手がいないわけではないが、自分のことは何事もおおっぴらにしておきたい性格なので、今のSAT所属を公言できない立場上、交際自体も自重している。基本的に嘘が苦手なので、場合によっては生命の危機もあるという自分の仕事を、つきあっている相手にずっと隠していることが出来ないと思うからだ。

妻帯者がSATから外されるということはないが、年齢的にも結婚が視野に入ってくる今、危険度の高い仕事であえて結婚した相手を悲しませたくないという気持ちもある。

「うるさい、衝撃の熱烈チューを動画に撮ってやるから、がっつりいけ」

取り出したスマートフォンを操作しながら楽しそうに命じる馬淵に、橋埜はそもそも酒に酔っているのかも疑わしいような涼しい顔で、腕を組んで立っている。

班長同士のキスだと、やかましいほどのチューコールで勝手に盛り上がっているメンバーをよそに、犬伏は橋埜に声を掛ける。

「おい、馬渕さん、マジで酔ってるから、お前からも何とか言えよ」

「俺は別に」

橋埜は苦笑して、わずかに肩をすくめる。

男女関係については自重、節制しようと考える自分とは逆に、こいつがよく整った顔をいいことに、適当に女の子をつまんで遊んでいるのは知っているが、そんなものにつきあっていられるかと犬伏は憮然《ぶぜん》となった。

「だいたい、お前、全然酔ってないだろ？　素面《しらふ》だろ？　酔ったノリとかそういうのじゃないのに、しらっとどうでもよさそうな顔するな。たかがキスだからって、安易に安売りするんじゃなくて、こういう行為はもっと大事な相手と…」

言いかけた胸ぐらを、つかつかと寄ってきた橋埜にぐいとつかまれる。

あっと思った時には、整った顔がすぐそばまで寄せられ、橋埜の目が伏せられたかと思うと、唇同士がふわっと重ね合わされていた。

おおーっ！…と周囲が派手にどよめく中、普段は奥二重のためにあまり意識したことはないが、意外にこの男の睫毛《まつげ》は長いのだと、そして引きしまった薄い唇は予想外に柔らかいのだと、よけいな考えが頭をよぎる。

すっと唇をなぞった舌先に腰が退けた瞬間、肩の辺りをグッと引き寄せられ、柔らかく濡れた舌先の侵入を許してしまう。

「…うぉ…っ」

こいつ、チョコレートと水割りの味がする…、舌先が触れあった瞬間、犬伏は思った。

甘さを残した舌先を絡められ、最後に橋埜が呷《あお》っていたグラスの中身とつまみがわかる。

首筋を抱え込む濃厚なキスに持ち込まれ、くらりと頭の奥が痺《しび》れるように揺れる。

強引で官能性の高いキスの合間に、とろんとしたウィスキーの香気とチョコレートの甘みが、丹念に搦《から》め捕られた舌先からたっぷりと蕩《とろ》かすように移される。

甘い、そしてふわんと鼻先に抜けるような香気がある。

やんわりと絡みつくようで、くすぐるように舌先で口蓋《こうがい》をかすめられたりもする。

何だ、こいつの経験値のやたら高そうなキスは…、と首を抱え込まれ、ワタワタと腕を振り、いつになくみっともない動揺混じりの抵抗をしながら、犬伏はアルコールとキスの息苦しさとにぼうっと滲《にじ》んだ頭の隅で考える。

「おおーっ」

がっつり、それこそ舌同士をじっくり絡める濃厚なキスを堂々と披露した橋埜は、優雅な動きで唇を離した。

そして、どよめくメンバーの中でわずかに首をかしげると、にっと笑ってみせる。

「…ちょっ…、おまっ…！」

何するんだっと唇を押さえ、後ずさる犬伏に、橋埜はやや上目遣いに甘ったるく微笑む。

普段は冷めたもの言いが多いくせに、こんな色めいた表情も持っているのだと、非常に落ち着かない気分になった。

「何だ、腰抜けたか？」

「腰抜けたって言うより…っ」

衝撃のあまり、呆れたとか、驚いたとか、頭の奥が白くなったとか、ちょびっとばかり…、いや実のところはかなり気持ちよかったとか、そういう言葉がすぐには出てこない犬伏を前に、橋埜は悪びれた様子もなくわずかに肩をすくめてみせた。

「橋埜さん、超男前っす！」

「犬伏隊長相手にすげー…」

この強気なスマートさで、こうしていつもさっさと女の子をコマしてるんだろうなと思わざるをえない、余裕の笑顔と見事なテクニックだった。あまりに男らしすぎると、周囲は賞賛や感嘆の声を洩らす。

「ちょっ…！　おまえ――――っ！」

叫ぶ犬伏に、そろそろ…、と橋埜は食堂の壁の時計を振り返る。

「いい時間だし、俺、風呂行ってくるわ」

「えっ、ここで退場っすか？」

橋埜の絶対的優位で犬伏相手に一方的に主導権を握った、官能的なキスの様子を脇でぽかんと見ていたらしき後輩が、驚いたように尋ねた。

「お前らの前でパンツ脱がされても、嫌だしな。馬淵さんリクエストのキスはちゃんとすませたし」

いち抜けた、と橋埜は平静な顔で手を上げ、さっさと部屋を出て行く。

「おいっ！　俺の立場はっ⁉　これっ、どうしてくれるんだよっ」

酔いと強烈なキスの余韻も手伝って、ええっと動揺混じりの声を上げる犬伏に、やんやと喝采《かっさい》が上がる。

皆、酔いがまわっているのでノリがめちゃくちゃだった。

「犬伏ッ、今のベロチュー、ガッツリ撮ったぞーっ」

唇を奪われた敗北感満載の犬伏の横で、お前に彼女が出来たら、絶対に見せてやるっと間違った方向に鼻息荒く、スマートフォンを掲げた馬淵はガッツポーズを作っている。

「…マジかぁ？」

これまでまっとうに生きてきたつもりなのに、人前で公《おおやけ》に言えないような、自分的に不名誉な黒歴史が出来てしまったと、犬伏は力なく食堂の丸椅子に腰を下ろした。

唇を離した瞬間の犬伏は、自分を信じられないような呆然とした目で見ていた。

毒を食らわば皿まで、どうせこうなったならとことん楽しんでやると、途中からかなり本気で舌を突っ込んで絡めてやったので、相当に引いたことだろう。

成り行きとはいえ、勢いでやらかしてしまったもんだ…と、橋埜はあまり広いとはいえない風呂場の天井を見上げた。

それでも湯船の中で、けして悪くはなかった犬伏のやや厚みのある引きしまった唇の感触を思い出していると、脱衣所との仕切りのガラス戸が開いて高梁が入ってくる。

「…よう」

まだ宴会中で他には人もいないため、橋埜は浴槽の中で小さく手を上げた。

「高梁も抜けてきたのか？」

声を掛けると、はい、と高梁は笑う。

あいかわらず色の白い青年で、ヒルに吸われた傷口がまるでキスマークのように背中やわき腹に薄赤く残っているのが、何とも生々しい。

橋埜は落ちつきなく濡れ髪をかき上げた。

班長株の犬伏や橋埜、馬淵、そして指揮班の数人を除き、おおむね二十五歳ぐらいまでで構成されるＳＡＴの隊員とはいえ、まだ二十歳を過ぎたばかりの高梁はやはり若い。

オフ時の表情などにまだどこかあどけなさが残るせいか、ヒルの吸い跡はあえて露骨に身体の上に残された情事の跡のようにも見えて、そのギャップにこっちがいたたまれなくなる。

「ヒルの跡、まだ残ってるな」

洗い場で掛かり湯をしている高梁に声を掛けると、青年は笑って頷く。

「この間からずっと、キスマークだっていってからかわれるんで、今のうちに入っておこうかと思って…」

やはり白い身体についた赤い跡を見て、考えることは皆一緒なのかと橋埜は曖昧《あいまい》に笑った。

「ヘタすると、一年以上跡になって残ることもあるらしいです。これは、どうなるかわからないですけど…」

「一年も残るのか？　犬伏ぐらい真っ黒に灼けてたら、それもそんなに目立たないんだろうけどな。お前、色白いからさ」

取りなすように言う自分の偽善を、橋埜は意識する。

高梁が犬伏に対して抱いている気持ちが、横で見ていてわかってしまうから、同じように犬伏に対してよからぬ想いを抱く橋埜は、必要以上に高梁に親切に振る舞ってしまう。

多分、それは自分の後ろめたさからくるものだと思う。普段、他の後輩に接するものより、口数も増えるのがわかる。

「こんなに派手に何ヶ所も噛まれてるのに、ちっとも気づかなくって、鈍さの証拠みたいで恥ずかしいです」

橋埜の後ろめたさに気づいてもいないのか、高梁ははにかんで笑う。

以前、けっこうな読書家で、文学系や詩集などもこつこつ読んでいるらしいと聞いたせいか、高梁の印象はずいぶん繊細なものだ。訓練時にはやはりきつい表情をしているし、射撃の成績もいい。細身でも軟弱だと思ったこともないが、オフ時の顔立ちや雰囲気、はにかみ屋で赤面症の印象が先立つのかと橋埜は考える。

「でも、実際、噛まれてもわからないんだろ？　うちの班で噛まれた三井《みつい》も、気をつけてたのに全然わからなかったって言ってたぞ」

「わからなかったです。わからないから、よけいにぞっとしましたけど。ヒルに何回か噛まれたら、そのうち歯を立てられた時にわかるようになるって、この間、診てくれた自衛隊の医師の先生が言ってました」

「それはわかりたくないな。わかるほどにお目にかかりたくないっていうか…」

苦笑する橋埜を、高梁は大きな目で振り返った。

「さっきの犬伏さんとのキス、すごかったですね」

別にあてこすりや嫉妬《しっと》などではないらしい、純粋に驚嘆に近い高梁の声に、橋埜は失笑した。

「ああ、王様ゲームの？」

「すごく堂々としてて、かっこいいなって」

「犬伏が？」

「いえ、橋埜さんが」

あえてはぐらかしてみたが、ピュア過ぎる高梁には姑息《こそく》な手は通じなかった。

「ああ、俺…」

あいつはおたおたして、最後まで頑強に抵抗してたもんなと、橋埜は再び髪をかき上げた。ナイフはとにかく、素手での組み合いとなると橋埜は犬伏にまったくかなわない。基本的なパワーも違うし、あれでいて犬伏は動きも速く、動体視力も高い。大柄でも鈍重ではなく、筋力がパワーとスピードに転化するタイプだった。

本気になって突き飛ばせば橋埜でも簡単に吹っ飛ばせるくせに、怪我《けが》はさせたくない、嫌悪感には取られたくないなどと、わたわたと腕を動かすぐらいしかできないあたりに妙な気遣いと遠慮があって、いかにも犬伏らしいと思った。

本当は男同士でキスすることなど嫌なくせに、皆の前でそういう風にはけして言わない犬伏らしい配慮が好きだ。

何もかもにおおざっぱなくせに、そんなやさしさや気遣いをセットで持ち合わせている。まわりの人間すべてを、ざっくりと懐に入れてしまう。そんな器の大きさが好きだ。

ずっとだ、長いよな…と、橋埜は浴槽の中の自分の手脚を見下ろす。

警察学校でも同期だったが、当初の配属は犬伏は機動隊、橋埜は交通機動隊と別だった。互いにSATを志望していることを知らなかったので、それまではガタイのいい、運動能力の高い、豪快で陽気な同期という程度の意識だった。

わりに体育会系に多いタイプだとぐらいにしか考えてなかった。

しかし、SATで再会して以来、本当にこいつにだけはかなわないと思い続けて今に至る。ライバルという前に、誰よりも信頼できる相手だという意識がある。同期、同僚、すべて含めての中で、一番に信用している。かなわないのに、どうしようもなく愛しい。

憎まれ口をたたいてみても、性格的にウマもあうのだろう。度量の大きさやおおらかさも含めて、こんなに魅せられた相手はいない。必ず気遣ってくれることはわかっているから、支えてもやりたくなる。

こういう融通の利かないお堅い縦型組織なので、橋埜自身は冷めて打算的に動くところもあるが、犬伏はそんな自分を軽蔑《けいべつ》もせずに笑って許容する。橋埜らしいと、必ず許す。

多分、自分が犬伏を踏み台にしようとしたところで、逆に上へ行けと支えてくれるような男だ。

それを知ってるからこそ、裏切れない。こいつには何もかもがかなわないのだと、逆にサポートしたくなる。

本当に犬伏のような人間に出会えてよかったのだと、今の互いにサポートし合える関係を誰よりも心地よく思う。

かなわないとわかっていながらも、これから先もずっとこういう関係を続けられたらいいのにと、我ながらおセンチな思いにもとらわれる。

「自然で、ハマってました。こういう上手いキスってあるんだなって」

「犬伏《アイツ》、腰抜かしてただろ？」

変に虚勢をはる橋埜に、はい、と泡立てたボディタオルを手に高梁は素直に頷く。

「経験値が違うもん、アイツとは」

「はい。俺も見習いたいです」

にっこりと無邪気に笑う後輩がどうにも憎めなくて、橋埜はまたさらに落ちつきなく髪をかき上げる。

もう少しあからさまに嫌な奴、小賢《こざか》しさのある奴ならよかったのに、なまじ高梁が素直な気質を持つとわかっているだけに、どうにもやりにくい。

しかも、やりにくいなどと勝手に思っているのは橋埜だけで、別に高梁がいようがいまいが、成就するような想いでもない。不毛だ。

「高梁はさ、彼女とかいないの？」

「俺？　いません。相手は欲しいですけど」

身体を洗いながら、高梁は子供っぽく歯を見せて笑う。

おざなりな自分の質問に、どんなつもりで答えてるのかなと思うと、下らない質問を投げた自分に自己嫌悪を覚える。

一番欲しがっている相手を知っているくせに、どうしようもなく質《たち》の悪い質問をした。

「橋埜さんみたいに、モテたらいいのにって思います。俺、顔がこんなんだから、頼りなく見えるらしくて」

「そうでもないけどな。頼りなくはないぞ。特に一班は最初に投入される主軸部隊だから、使えない奴はひとりもいない。ちゃんと自信持て」

ＳＡＴはＳＰと並んで、身体能力の高い、精神力にも優れたメンバーが投入されるエリート部門だった。希望したからといって、簡単にまわしてもらえるような部署ではない。厳しい選抜試験をくぐり抜けた者だけが配属される部署だった。

メンタル面でも打たれ弱い、精神的についてこれないと判断されれば外される、そういう厳しさもある部署だった。

童顔のため、高梁の普段の立ち居ふるまいがやさしげに見えても、読書家でオフ時は色んな本を読んでいると聞いていても、やはりそれなりに内側に一本芯があると判断されたからこそ、高梁はＳＡＴのメンバーに選抜されている。

「顔可愛いよね、まだ十代に見えるねって、前にコンパで言われちゃって…、さすがに十代は嬉しくないなあって」

まったく悪意もないようで、高梁は苦笑した。

「高梁、まだ若いからさ。ショートにしてても、髪の色も柔らかくて猫っ毛っぽいし。カラーしてなくてそれだろ？」

はい、と高梁は頷いた。

「高校入った頃までは普通程度に伸ばしてたんですけど、施設にいた時、職員に髪に色入れてるなって言われたのが嫌で、ぎりぎりまで短く刈ってたんです。そしたら、犬伏さんが逆に痛々しく見えるから伸ばせって」

確かにSAT配属すぐの二分刈りに近かった高梁は、収容所や監獄の囚人のようにも見えて痛々しかった。顔が小さいために吊り目がちな目の大きさばかりが目立って、直視するのがいたたまれない気がした。

本人の見かけだけで悪く言うような職員に対する意地を抱いたまま、ずっと髪を短くしていたため、よけいに高梁もきつく痛々しく見えたのかもしれない。

多感な年頃にそんな決めつけた言い方をされるのは辛いだろうにと、橋埜は同情する。

「いや、それは犬伏が正解だろ？　絶対に今の方が高梁に似合ってるからいいって」

橋埜が言うと、高梁はありがとうございますと照れたように笑う。

「えっと、高梁はいくつになるんだっけ？」

「二十一です」

「女の子って、男より二、三ませたところあるから、同い年の子だとそういうふうに見えやすいんだよ、きっと。親しみやすいっていう意味だと思っとけよ」

「そう思っときます。ありがとうございます」

軽薄な慰めを口にする橋埜に、高梁は嬉しそうに礼を言う。

こいつは可愛いわ…、と橋埜は湯船の縁に頭を乗せながら思った。

犬伏が老若男女を問わずに好かれるのは知っているが、こういう純真無垢《むく》で可愛い後輩にまで慕われるのを知ると、何ともやりきれない思いになる。

別に誰が悪いというわけではなく、単に自分はどこまでも不毛な想いを友人に対して抱いているよなぁという、諦《あきら》めにも似た思いだ。犬伏が男に転ぶとは思いがたいが、まだ、この高梁の方が純真でまっすぐ、可愛げがある分、可能性もあるというものだ。

橋埜は無意識のうちに、さっき犬伏と強引に合わせた唇を指先でなぞりながら、小さく溜息をついた。

ちゃぷりと湯面が鳴る。

この機を逃したら、この男に今後キスを仕掛けることなど二度とあるまいと思って、大胆にキスを仕掛けてみたが、思っていた以上に悪くなかった。

下手にキスなどするから、次があればとまた欲が出る。

俺って男は…、と橋埜はぼんやりと揺れる湯面を見ていた。

このまま焦がれ焦がれながらも、犬伏がいつか結婚する時には笑って見送るのか。見送り、自分も表面上は何事もなかったかのように、誰かと家庭を築こうとでもするのか。

いっそ、そのほうがいいのかもしれないなと、橋埜はさらにひとつ深い溜息をつく。想いが実ったところでどうなるかなどという、確固たるビジョンもないし、そこから先を想像できるわけもない。

ただ、犬伏自身とは無関係なところで、自分の醜い執着だけがある。

だから、表面だけでも笑って見送れる日が来るなら、それでいいのだと思う。

「…あの、合宿でのナイフの件、ご迷惑をおかけしました」

そんな橋埜の溜息をどう思ったのか、高梁が謝ってくる。

「ああ、そんなのかまわない。反省文書いたのは、俺じゃないし」

「犬伏さんにも、本当に申し訳なくて…」

「いいよ、別に。アイツは多少肩身の狭い思いをした方が、ちょっとはコンパクトになっていいんだよ。普段から必要以上にかさだかいんだからさ」

口の悪い橋埜の言い分に、高梁は恐縮した様子で頭を下げる。

「あと、飯田がさ…」

「飯田さん？」

高梁は意外そうに目を見開いた。橋埜が最初、意外に思ったのと同じに、やはり高梁にと

っても寡黙で少し距離のある先輩なのか、飯田の名前が出ること自体が不思議なようだった。

「そう、飯田がお前のために猪瀬管理官に話通させて欲しいって、俺に頭下げにきてた。あとで礼言っとけ」

「はい、ありがとうございます」

意外ではあっても嬉しいのか、それともそうしてくれる飯田が想像できたのか、高梁は素直に頷く。

「まぁ、合宿に持っていくなら、どれか一本に絞れ。それか、面倒でも訓練中に使うって書類出しとけ。別に持ってて悪いもんじゃないんだ。あの大型のレスキュー用のとかは、俺も欲しいなって思ったぐらいだから」

「…はい」

本当に申し訳なく思っているのだろう。ちょっとかわいそうになるぐらいに身を縮め、細身の後輩は頷いた。

「俺、そろそろ上がるな」

「はい、お疲れ様です」

なんとも後ろめたいやましさを感じながら、橋埜は手早く身体を拭《ふ》いて、風呂を出た。

「見ろよ、これ」

土曜の朝からミニモバイルを手に食堂に現れた馬淵に、犬伏は胡乱《うろん》な目を向けた。

「何すか？　馬淵さん、もう、酒抜けたんですか？」

今日がオフでよかったと、ご飯を茶漬けにしながら犬伏は尋ねる。

「抜けてねぇ。つか、お前、よくこんな朝から飯食えるなぁ」

「俺も二日酔いひどいですよ。今日は二杯しか、飯食えてませんから」

「思春期のガキじゃあるまいし、朝から二杯も飯食うなんて…。そんなに食ったら、腹出るぞ、腹。っていうより、お前、本当は二日酔いなんかじゃねぇだろ？」

信じられんな、と言いながら馬淵はミニモバイルの電源を入れる。

「いや、ちょっと胃が重いですね。普段は三杯は軽いんですけど」

「喋《しゃべ》るな、聞いてるだけで胸がムカムカするわ。あ、安浦《やすうら》、湯呑みに梅干しとお茶入れてきてくれ」

ちょうど席を立った二十歳過ぎの後輩に命じ、犬伏の隣に座った馬淵は立ち上がったモバイルの画面を見せてくる。

「おっわっ！」

のっけから始まった、昨日の橋埜とのキスシーンの動画に、犬伏は茶碗をもったまま仰《の》け反った。

「ちょっ、何、それっ！　何なんですか、朝っぱらから！」

「えー？　昨日のお前らの衝撃のベロチューじゃん。俺って天才だからぁ、あんだけベロベロリンに酔ってても、ちゃあんとこうしてパソコンに落とし込んでたんだよ。俺、すげぇなあって…、どうよ？」

「どうよって、消しましょうよ。何やってるんですか、もうっ！」

消去だっと騒ぐ犬伏に、馬淵はにやにや笑う。

「お前、ここでデータ消したって、俺はディスクからデータ拾い上げる技術ぐらいあるぜ。このとおり携帯にも動画残してあるし、ちゃんとサーバにもバックアップしてある」

「何でそういうところ、どえらく用意周到なんですか？　本当に酔ってたんですか？　だいたい、男同士のベロチューなんて不毛っすよ、不毛っ！」

今すぐ消せ、消してくれっと騒ぐ犬伏の後ろで、よく通る橋埜の声がする。

「おはようございます」

「おう、橋埜、見ろよ、これ」

馬淵は手渡された梅干し入りの番茶を手に、楽しげにモバイルを掲げる。

「何ですか？」

嬉しそうに昨日のキスシーンを動画再生する馬淵に、へぇ…、と橋埜は動じた様子もなくモバイルを覗き込んでいる。

「ああ、よく撮れてますね」

「ちょっ、お前っ！　よく撮れてますね、じゃないだろ？　もっと他に言うことあるだろ？」

ふざけるなと噛みつく犬伏に、腕を組んで馬淵のモバイルを覗き込んでいた橋埜は身を起こし、少し考える。

「…この動画によって、我々に金品の類《たぐい》を要求しないで下さい…とか？」

「いや、それはもちろん！　…ってか、お前、何でそんなに冷静なわけ？　お前はそれなりの建前大事な常識派だと思ってたけど、どこかずれてないか？」

「そうか？」

橋埜は平然と朝食の定食一式が乗ったトレイをテーブルの上に置くと、犬伏の隣に腰を下ろした。

「金品なぁ…」

馬淵はにやつく。

「金品は要求しないけど、不特定多数の皆さんに見て欲しいという、この胸の内から大きく湧き上がる衝動！」

握り拳を作る馬淵に、犬伏は心底うんざりする。

「わりとマ・ジ・で、勘弁して下さい。本当に」

当分はこれをネタにからかわれるに違いないとげっそりする犬伏の横で、それより…、と橋埜は朝食に手をつけながら口を開いた。

「それより馬淵さん、その動画もらえます？」

「何言ってるんだ？　お前」

はぁ？…、と呆れる犬伏を横目に、おう、と馬淵は頷いた。

「携帯にでいいか？」

「俺の携帯、そんなに高スペックじゃないんですけど、いけますかね？」

携帯を取り出す橋埜の手を、犬伏は大きな手で押さえた。

「いや、スペック云々《うんぬん》の問題じゃなくて、お前、この動画どうするんだよ」

何考えてるんだよ、お前…、と尋ねる犬伏に橋埜はかすかに首をひねる。

「…俺的記念？」

「記念だと？」

なぜ、これが記念になるんだと呆れかえる犬伏の前で、馬淵は大笑いする。

「よく言ったな、橋埜！　やっぱ、男はそれぐらい腹が据わってないとなぁ」

犬伏は低く溜息をつく。

「…ていうかさぁ、犬伏、これ、お前、途中で気持ちよくなってない？」

湯呑みを手に、しばらく動画を覗き込んでいた馬淵がこのあたりから…、と再生を止める。

「これ、この辺りから。橋埜、どうだった？」

「どうですかね？　なぁ、どうだった？」

しれっと尋ねてくる面の皮の厚さに、犬伏は橋埜を横目で睨みつける。

不覚にも、悪くないかも…、などと思ったあたりは、やはり端から見てもわかるものらしい。もちろん、当の橋埜にもわかっていることだろう。

「何度見ても、橋埜はすっごい男前だよな」

そろそろ男同士のチューはいいわ、気持ち悪くなってきた…、などと馬淵は勝手なことを言って、モバイルの電源を落とす。

「…橋埜の株は上がって、俺の株は上がらないんですか？」

破れかぶれで呟く犬伏に、橋埜が笑う。

「俺に唇の奪われ損ってか？」

「いや別に、この歳になってチューのひとつやふたつ、どってことないんですけどね」

はー…、と半ば溜息混じりにご飯をかき込む犬伏の横で、橋埜が忍び笑いを洩らす。

「そのわりには、えらく抵抗してたよなぁ」

「俺はお前みたいにユルくないんだよ」

「何か、棘《とげ》のある言い方。傷つくよなー。まるで俺がユルいみたいじゃないか」

いっこうに傷ついた風もない様子の男が、口先だけで平然と言ってのけるのがまたしゃくだ。

「俺のキスを捧げたってのになぁ、俺が女だったら、きっとそういう言い方は傷つくと思うんだよな」

ちょっと切ないな――…、などと声のトーンを落とされると、さすがにじわじわと良心も咎《とが》める。

酔っていたとはいえ、もっと上手《うま》いかわし方はあったはずだとか、その後にネタとして落とし所はあったなとか、そういう自戒も出てくる。いい大人なら、嫌がるばかりが芸ではないはずだ。

「確かに女の子相手だと、そういう言い方はできないよな。それよりも、キスした段階で犬伏なら責任取ってるよな。いくらお堅い犬伏でも、男相手だとせいぜいそんなもんか」

まぁ、しょうがないよな、などと当の馬淵もにやにや笑いを浮かべて犬伏を見る。

「いえ、やったからには、男相手でも責任はとります」

憮然と言い返すと、ガコンと右ストレートがくる。

「ふざけんな」

「痛っ！」

殴られた右頬を押さえて隣の男を見ると、橋埜は冷ややかな目を向けてくる。

「お前に責任取られるほど、俺も困ってねぇよ」

「責任とれって、お前…」

「そんなこと、一言も言ってねぇ」

怒るといつも以上に滑舌のよくなる橋埜は、気迫だけなら時に犬伏を上まわる。常々、この男だけは本気で怒らせるまいと思う時は、こんな時だ。

「だいたいいっぱしの男が相手に責任取らせようなんて、外道もいいところだ。俺をそんな肝の小さい男だってか？」

橋埜の通りのよい声が、普段より一オクターブは低い。外道だの何だのと、仏教用語が橋埜の口から出始めた時には、特にヤバいとこれまでのつきあいで知っている。

神奈川のそこそこ大きな真言宗の寺の次男だという橋埜は、普段はクールで知性派なSATの突入班長などを気取っているくせに、根っこのところはがっつり仏教観が植わっている。普通ならアンバランスなようで奥深い、不思議な属性だと笑っていられるが、これが一度怒り始めると怖い男だった。

「…じゃあ、相互責任ってことで」

「よし」

どうして俺が謝らされる羽目になるのだろうと思いながら、犬伏は湯呑みにポットからお茶を注いだ。

「犬伏さん！」

無骨な剝き出しの蛍光灯が黄色く灯った廊下で高梁の声に呼びかけられ、風呂上がりの犬伏はまだ湿った髪のままで振り返る。

「おう」

「すみません、俺、お礼をちゃんと言えてなくて」

それを言いだすタイミングを計っていたのか、襟《えり》ぐりの浅いボートネックのＴシャツに着替えた後輩は、深々と頭を下げた。わざわざ律儀に礼を言いにきたらしい。

「本当にありがとうございました！」

「いいよ、そんなこと。馬淵さんも言ってたろ、それも俺の仕事だ、仕事」

ざっくばらんに笑ってやると、高梁は薄く頰を染めた。

「でも、俺、犬伏さんが隣に立って下さった時、本当に心強くて…」

「おー、俺みたいなデカいのが横にのっそり立ってたら、向こうの管理官も気勢削がれるかなって思ってさ」

犬伏の軽口に、高梁ははにかんだ笑いを洩らす。

「俺、本当に嬉しくて…、ありがとうございます。すみませんでした」

「礼言うなら、橋埜に言っとけよ。あいつ、超カッコいいんだから。根回しとか、人の力関係なんか、えらくドライに計算するからさ。あいつが馬淵さんを猪瀬管理官にねじ込んで、きれーに収めたんだろ。ああいう出世する先輩は、大事にしなさい」

うりゃうりゃっと高梁の短く柔らかな髪を撫でてやると、青年は本当に嬉しそうに肩を揺らして笑う。

「はい、橋埜先輩は本当に大人でかっこいいです」

いい人で…、と高梁はいつも犬伏の前でうっすら染める頬をさらに少し上気させ、微笑んだ。

「橋埜が大人って、あいつは俺と同期っすよー。俺も大人なんだぞ。お前、俺のこともかっこいいって言うのかよ」

からかってやると、高梁も苦笑する。

「もちろんかっこいいですよ、犬伏さんも。昨日の晩も馬淵先輩が犬伏先輩と橋埜先輩がキスって言い出した時、正直どうなるのかなって思ったんですけど…」

「ああ、あれ。あれはもういいから…」

忘れてくれと、朝から馬淵が言葉通りに撒《ま》き散らした動画のおかげでいたるところでからかわれている犬伏は、力ない笑いを洩らす。

「いいなって…」

何がいいのだ、と犬伏は後輩を見下ろす。

「何がいいんだよ、もう勘弁してくれよ」

苦笑する犬伏に、高梁はいえ…、と呟く。

「いえ、本当にいいなって…」

さっきまではにかんだ笑いを見せていた高梁は、それとは種類の異なる、ちょっとどこか痛いような笑顔を見せた。もとが幼い雰囲気の顔なのに、痛々しいその表情は独特の切なさがある。

犬伏は以前に聞いたことのある、秘めやかな高梁の声を思い出した。押し殺したかすかな声で、自分の名前を呼ばれた時の重さ…。

「ああいう風にさらりと…、いえ、堂々とできるのは、いいなって…」

何が、誰とどうとは言わなかったが、さすがに言葉の裏に隠された意味は犬伏のような野暮天でもわかる。

自分を見上げてくる高梁の大きな目が、すべてを物語っていた。

まずいな、と犬伏は思う。

「そっか?」

ニッ、と笑って、その先へと続く流れを遮ってやると、高梁は下唇を少しキュッと噛みしめたあと、すみません…、と子供が今にも泣き出す前のような表情で笑ってみせた。

「…すみません、俺…」

本当に何の意図もなく、ぽろりと洩らした感想だったのだろう。告白しようという意図もなく、続きを遮られて、まだその先を続けるだけの経験値もない…。

ごめんな、と犬伏は内心で思った。

その先を続けられても、自分には断る以外の選択肢がない。断ってギスギスするぐらいなら、どこまでも鈍く気づかないふりをする。

「つまらないこと言って…、忘れて下さい」

すみません、と高梁は頭を下げた。

「んー」

犬伏がわざと何にも気づかなかったようなのんびりした声を出すと、高梁は残念そうな、それでいてちょっとほっとしたような顔となった。

「明日も訓練ハードだぞ。気ぃ引き締めていけよ」

「はい、おやすみなさい」

両親がいた頃、行儀のいい子供だったのだろうなという挨拶が返ってくる。

「おう、早く寝ろよー」

犬伏は大きな手を上げた。

高梁が部屋に戻ったあと、犬伏はしばらく考え、同期の部屋へと向かった。

「橋埜、いいか？」

部屋の扉をノックをして尋ねると、ああ…、と橋埜が内側から扉を開けた。

「どうした？」

「うん、ちょっと相談っていうか、聞いて欲しいことがあって…」

犬伏が口ごもると、橋埜はあっさりドアを開いてくれる。

「何だよ、かしこまって」

橋埜は苦笑すると、入れと促した。

「お、洗濯か？」

「洗い上がったやつな。もう終わるから、かまわん。適当に座れ」

何事に置いてもきっちりした性分の男は、たたみ終えたものを部屋に備えつけの引き戸式ロッカーにしまう。

他に特に座るところも思いつかず、犬伏はベッドの上に腰を下ろした。

奥がベランダとなる、六畳ほどの部屋だ。別に広くはないが、あいかわらずきっちりと片づいているのが橋埜らしい。日用品なども色味を抑え、無駄なくすっきりとまとめられている。ノートPCの載った机の上には、専門書などの他に地政学などの本も並んでいる。

「なぁ、飲む？」

橋埜は小型冷蔵庫を開け、缶ビールを取り出した。

「いいね」

ご馳走《ちそう》になります、と犬伏は手渡されたビールのタブを引く。

「聞いて欲しいのって、何だ？」

橋埜は机の前の椅子を引き、それに跨《また》がるように逆に座ると、同じようにタブを引いて口をつけた。

「…いや、何かさっき、アキラが来てさ…」

「…ああ」

椅子の背に腕を引っかけ、自分を見る橋埜の微妙な表情に、犬伏はその先を語るまでもなく、この男が自分が言わんとしていたことを知っていることに気づく。

勘のいい男だ。とっくの昔に、高梁の好意については見通していたのだろう。

「…お前、知ってた？」

「何を？」

突っ込むと今さらながらに知らん顔でとぼけるところが、この男の少々憎たらしいところだった。

「…すっとぼけやがって。その…、アキラがさ…」

「…お前のこと、好きだとでも言ったか？」

答えて橋埜は後頭部に手をやる。やや捨て鉢な言い方をする時、言葉につまった時、困惑した時などにこの男はこうして頭の後ろを撫でるくせがある。

色々敏《さと》い橋埜にしては珍しく、まだ自分で気づいてないようなので、このくせについては教えてやっていない。

「いや、そんな雰囲気だったから、ちょっととぼけて逃げちまった」

「あー…、逃げたのか」

それは…、と橋埜は再びうなじのあたりを撫で上げ、微妙に言葉を濁した。

「逃げるんだ、お前でも」

へぇ…、などと犬伏の予想からずれたところで感心しているのが、救われる一方で脱力もする。

「いや、逃げるだろ。応えられないなら」

「お前はさ、何事も全力で受けとめるかなって思ってたからさ」

橋埜は机脇のキャビネットから、実家から送られてきたらしい、高価そうなおかきの小入り袋を取り出し、つまみにと手渡してきた。

「俺だってバカじゃないんだから、躱《かわ》せるもんは躱すよ。お前だって、告白してきた相手全員とつきあうわけじゃないだろ？　つきあえないと思ったら、断り切れなくなる前に体《てい》よく逃げるだろ？」

「まぁ、そりゃあね」

頷く橋埜に、犬伏はそれに…、とつけ足す。

「…アキラの気持ち、知らなかったわけじゃないんだ、俺」

橋埜は啞然《あぜん》とした顔で、犬伏を見てくる。

「…お前が？」

「…えーと、その顔は俺が気づいてないと思ってた？」

指さしてやると、まぁ…、と橋埜は珍しく口ごもる。

「正直、そこまで他人の気持ちに敏感だったっけ？　特に恋愛感情…」

「お前ね…」

犬伏は溜息をつく。

「俺を相当な朴念仁だと思ってんのか？」

「相当とまでは言わないが、それなりに良くも悪くもおおらかだろ。高梁は男だからさ、そういう好意は正直なところ、お前の恋愛枠の中にはないんじゃないかとは思ってたかな。相手が想ってても、理解できないっていうか」

誉められてるのか、けなされてるのかよくわからない言い方で、橋埜は冷静に指摘してくる。

「まぁ、気がついたのは偶然っちゃ、偶然なんだけど。アキラ、二人部屋だろ？」

「かな？　まだ若いしな」

犬伏や橋埜らは個室をあてがわれているが、まだ若い隊員は二人部屋があてがわれる。

「俺、前に飲み過ぎて夜中過ぎにトイレに行ったことがあってさ、十二時まわった頃かな、入ろうとしたら個室が閉まってたんだよ」

寮内では、トイレ、洗面所、浴場は共用だった。浴場は一階に、トイレと洗面所は各階にある。

「でさ、ああいうのって、なんかさ、雰囲気的にわかるじゃないか。純粋にでっかい方で立てこもってるのか、中入ってひとりで抜いてんのかって」

「ああ、まぁね」

状況的に思いあたるのか、ビールの缶を手に橋埜は頷く。生々しい話をしてても、この男は常にポーカーフェイスだ。

「それでまた、どうも最後のラストスパートのところだったみたいなのよ、俺が足を踏み入れた時」

「…あー…」

その様子が想像できたらしく、橋埜は口許に手をあてがったまま、目を伏せる。

少し前、馬淵の命令でキスをされた時に長いなと思った睫毛が、切れ長の瞳を半ばまで隠した。冷めた顔をしてるのに、どこか色っぽいような表情を持つのは、この男の魅力だと思う。

「…で、荒い息の間から二、三度小さく呼ばれてんのって、俺か?…って。ほら、ご覧の通りのそんじょそこらにあんまりない名前だからさ」

「まぁ、珍しいわな」

「で、もしかして、この押し殺したような声って、アキラじゃないかって…。ほら、二人部屋入ってるやつなんて限られてるから、消去法でアキラだなって」

橋埜は無言で何度かうなじのあたりをかきまわしたあと、長い睫毛越しに犬伏を見てくる。

「…それさ、お前、引かなかったの?」

「引く…、いや、引くっていうより、ああ、俺なのかぁ…って。悪いけど、それは応えてやれないなーって…」

「…そこで引かないのが、お前らしいっちゃ、らしいかも知れないけど」

深い溜息をつきながら、橋埜は何とも微妙な表情で天井を仰ぐ。

「何かさ…、ああいう時に名前呼ばれるのって、すごい不思議な気分だな」

「そりゃ、本当に好きなんじゃないか? ちょっといいなっていうぐらいじゃ、名前なんて出てこない」

さほど動じた風もなく橋埜が話を受けとめてくれる心地よさから、犬伏は溜息をつく。

「なーんで俺かなって…」

「なーんでって言われてもな、いいなって思っちゃったんじゃないか、色々」

ビールに口をつけた橋埜は、それさ…、と口を開く。

「高梁にもさ、トイレ使う時にはもう少し用心させないと、他にバレるぞ。切羽詰まったガキじゃないんだからさ、せめて声殺せよ。そんな無防備でいいのか？　オープン過ぎだろ？」

「それはそうだけど、あの二人部屋の時って、なんか暗黙の了解とかあったじゃないか。こう…トイレ使うタイミングとか、あと、人が入ってくる気配とか読んでさぁ…」

なぁ、と言ってみても、あまり切羽詰まった経験がないのか、橋埜はそうか？　と肩をすくめただけだった。

「お前がまた、そんだけ馬鹿デカいくせに、たまに音も立てずに動くからな」

「あれからはちょっと気をつけて、足音派手目に立ててトイレに向かってる」

「そうしろ」

橋埜は短く答え、犬伏の手の袋からおかきを取ると、口へ放り込む。

「まぁ、それで煮詰まってここへ来たのか、なるほどね」

「いやさ…、俺は汚い大人だよなーって思って」

犬伏が最後に呷って空にした缶を橋埜に差し出すと、橋埜は黙って缶を受け取り、机に置いてくれる。

「きれいな大人だと思ってたのか？　ほう…。お前もたいがい図々しいな」

橋埜はあいかわらずのよく整った顔で、しれっと言ってのけた。

「茶化さずに聞けよ、お前は、もう」

「じゃあ、言え。聞いてやる」

二本目行くかと橋埜が冷蔵庫を指さすのに、犬伏はいいと首を横に振り、橋埜のベッドの上に大柄な身体を伸ばした。

たまに来ては、こうして時々横になる、勝手知ったる他人のベッドだった。橋埜も馴れたものなのか、別に咎めもしない。

「こうやって、知ってるはずの感情に蓋《ふた》して、見えるはずのものを見えない振り、聞こえてるはずの言葉を聞こえない振りすんのってさぁ…」

「その方が上手くいくことが多いからな、仕方ないよ」

乾いたような声が答える。

「あ、ちょっと待て」

橋埜は断り、テレビのリモコンを手に取る。

「何だ？　何か見たい番組あったのか？」

「うん、ヒストリーチャンネル。今週はアラブ特集」

「そんなのやってんのか」

へぇ…、と犬伏は感心する。橋埜が契約している有料の衛星多チャンネル放送では、たまにマニアックな特集をやっているようだ。歴史関係やドキュメンタリー系を、橋埜が好んで見ていることを知っている。

「お前、アラブ系の歴史って興味あるんだっけ？　アラブの歴史って言ったら、ハーレムとかアラビアンナイトな印象だけどな」

「いや、それもあながち外れてないけどな。あのあたりの事情はややこしいから、少しでも頭に入りやすいようにと思ってさ。あと、考えのベースっていうか、常識や思考回路をちょっとでもわかっとといたほうがいいかなって」

「ああ、そういうのは大事だよな、色々分析するのに。今から見るのか？」

何だったら引き上げるけど…、と犬伏は断る。

「いいよ、こっちは録画しとくし。話あるんだろ？　俺、ビールも途中だし。お前、本当に二本目いらないのか？」

橋埜は手慣れた動作で、録画予約画面を出す。

たまにこいつは、素っ気ない態度からは考えられないほどにやさしい。クールだの、冷めてるだのと言われているが、根っこの部分は親切で温かい。

「いいよ、見てくれ。俺が悩んだところで今日明日に片づく問題じゃないし、アラブって俺も知らないから、ちっとは勉強になるかな？」

「勉強になるかどうかはわからないけどな。根本的に違うところがあるよなって思うよ、宗教観も人生観も」

「へぇ…。お前が言うと深いな、ユウカイ」

「祐海《ユウカイ》言うな」

音読みすれば、そのまま僧侶名となる名前を呼んでやると、子供の頃からからかわれ馴れているだけに橋埜はさっくり流す。

「ちょっと詰めろ」

ベッドの端に腰を下ろすのか、始まった番組のオープニング画面を前に、橋埜は仰向けにひっくり返った犬伏の腕を軽く押した。

「ん…」

犬伏は上体を起こしかけたが、なまじ身長もあるし身体も大きいので、狭いシングルのベッドの上ではほとんど詰めたことにならなかった。

橋埜は諦めたような溜息をつくと、そのまま腰を下ろす。

起きろとは言わずにベッドに座った男が膝を貸すつもりなのだと了解し、犬伏は橋埜の膝の上に頭をもたせかけた。

「俺、明日からアキラの前でどんな顔すればいいのかね？」

案の定、犬伏が膝を枕にしても、橋埜は何も言わない。大型犬が膝に頭をもたせかけるのを許すような顔で、特に気にかけた様子もなく座っている。

「…普通がいいんじゃないか？　きっと高梁も、そうしてほしいって思ってるだろ」

おだやかな橋埜の返事は意外なようで、橋埜らしい気もする。

「人の好きって感情は、難しいなぁ」

「まぁね、何だかんだで人間、結局はそれで動いてるところが多いからな。恋愛感情じゃなくても、信頼、交渉、取引…、全部引き出したり台無しにしたりするのは、好悪の感情なんだろうな」

淡々とした橋埜の声が上から答える。

「俺はお前のこと、ある意味、俺よりも信頼してるよ」

小さく橋埜が笑う気配がする。

「…そうか？」

「ああ…」

犬伏は友人の膝に頭を預けたまま、目を閉じた。

二章

I

　橋埜がニュースの第一報を聞いたのは、その日の訓練を終えて寮のロビーへ入っていった時のことだった。

　普段、ほとんどついていることのないロビーのテレビがついており、何人かの隊員が無言でそれを眺めている。

『オーストラリアのメルボルン国際空港で、パリ行きフランス航空機エール・ブリューに複数名の武装勢力が立てこもっている模様。現在、オーストラリア当局は——』

　アナウンサーの声が流れる中、すっかり日の落ちた空港で、滑走路上で動かない機体の映像が、ずっと固定カメラで中継されていた。高感度カメラのやや粒子の粗い映像が、シェードがすべて下ろされた窓を映し出している。

　外部から中が見えないようにとの、立てこもった勢力の指示なのだろうが、航空機占拠とはおだやかじゃないなと、橋埜は目を細める。

　世間一般に認知されているような身代金要求や政治的要求のためのハイジャックでなくと

も、昨今ではアメリカ同時多発テロ事件のような、飛行機ごと建物に突っ込む自爆テロ実行手段としての飛行機乗っ取りなどもある。

パリ行きのフランス航空機を占拠するなら、あまり日本には関係なさそうでもあるが、爆破や人質の殺害などと聞くと、やはりいい気はしない。

「これ、いつからだ？」

オーストラリアはほとんど日本と時差がない。メルボルンについては詳しくないが、せいぜいが一時間、二時間というところだろう。だとすれば、昼以降、午後遅くに事件発覚かと、橋埜はテレビを眺めている後輩に尋ねた。

「四時前ぐらいからららしいですよ。俺も今帰ってきたところで、初めてニュース見ましたけど…」

七時のトップニュースかと、橋埜は腕の時計に目を落とす。

しかし、今のところそれ以上の情報はないらしく、現地大使館に入った情報によると、乗客名簿に日本人名はないとアナウンサーが数度繰り返した後、すぐに次のニュースへと移ってしまう。

あまり扱いとして長い時間を割かないのは、まだ犯人側からの要求がなく、進展もないこと、また、アジア以外の地域発、ヨーロッパ行きのフランスの航空会社で、今のところ日本にとっては差し迫った状況ではないという判断からだろう。

橋埜自身も、乗客名簿に日本人名がないと聞いて、どこかで自分からは遠いニュースだと判断した口だ。当事者意識というのではないが、そこに日本人が巻き込まれるかどうかで、ニュースの緊迫感がまったく異なってくる。

ふいにすぐ隣に誰かが立った気配に、腕を組んで画面を眺めていた橋埜は顔を上げた。

橋埜よりもさらに体格のいい男は、犬伏だった。厚みのある男性的な体格のくせに、こういう時の犬伏は気配を殺し、音もなく敏捷に動く。こんな動き方をしやがるから、高梁もうつかりまずい声を聞かれることになったのかと、橋埜は思う。

「オーストラリアでハイジャックってニュース、やってたか？　今、課長から携帯にメール来てな」

普段よりも低い男の声に、橋埜は頷く。

「今終わったところだ。乗客名簿に日本人名がないって。それに犯人の要求もまだ。フランスの航空機でメルボルン発のパリ行き、今のところの情報はそれだけだ」

フランスは中東からの移民も多いので、その関係かと橋埜は思った。中東移民に限らずとも、ヨーロッパ内での少数民族が独立を求めてテロという線もある。

宗教や民族意識、土地問題などが複雑に絡んだ、数百年に及ぶ部族間、民族間の対立関係は根深く、ヨーロッパというひとつの枠でくくりがちな日本人にとっては、そう簡単に理解できないものだった。

少なくとも旅客機がオーストラリアにあるうちは、事件解決に関してはオーストラリア政府の管轄となる。そこにフランス政府が、どこまで関与するかという問題だった。

フランスはＧＩＧＮ《ジェ・イ・ジェ・エン》という、世界でもトップクラスの特殊部隊を持っている。おそらくその出動を打診するだろう。しかし、自国内で他国の特殊部隊が人質解放となるとオーストラリアの威信が丸潰れとなるために、まずオーストラリアサイドが首を縦に振らない。

ならば、自国の特殊部隊を投入という話になるのか。

そのあたりが国際テロのやっかいなところだった。縦割り行政などといった枠よりもさらにやっかいな、国同士の利権や体面、外交問題などががっつり絡んでくる。

またテロを起こす側も、そのあたりの複雑さを計算して動いていることが多い。

人質の命優先と、犯人側の要求をそのままに呑みやすい国もあれば、テロには多少の民間の犠牲も覚悟の上と、絶対に折れない国など、国によって考え方は様々だ。国ばかりでなく、その時その時の政府首脳の考えや判断によっても対応は違う。

どれが正しいとは、一概に言えない。

「課長、何て？」

「いや、オーストラリアでハイジャックがあったようだって。車内情報板のニュースか、携帯ニュースで知ったんだと思うけど」

やりとりの途中で、橋埜の携帯にも課長からの同内容のメールが来る。時間差はあるが、おそらく自分と犬伏、そして西本や馬淵あたりの班長クラスに一斉送信されたものだろう。電話でないだけ、まだ注意喚起といったあたりか。

課長もそれほどの重要ニュースではないと判断したのだろう。注意喚起したいのは、おそらく今後投入されるだろう特殊部隊の動きについてだった。

どのような作戦を行うのか、どれほどの時間で相手を制圧してみせるのか、やはり同じ対テロ組織としては気になる。

「まぁ、すぐに出動っていうわけじゃなきゃいいか」

すでにまったく別のニュースに画面が移っているテレビをちらりと眺め、犬伏は橋埜を促す。橋埜も頷き、肩を並べて階段を上がってゆく。

正直なところ、自分がSATにいる間は、もう出動自体はないかもしれないと思っていた。

SAT隊員として配属されて四年と少し。班のリーダーを任されてからは、一年半ほどになる。犬伏のほうが、少し先に一班を任されているが、半年と開きはない。

だいたい隊員として在籍するのは五年程度といわれているので、あと一年いるかいないかというところだろう。

高梁のように高卒で若くして入隊した者には、再度入隊試験を受けて五年間勤める者もいるが、橋埜は年齢的、体力的に、あと五年というのは無理だ。犬伏ほど体力や気力に満ち満ちていればいけるかもしれないが、自分はそこまで超人的な能力はないと思っている。

これまでに出動したのは、サミットといった国家首脳クラスの集まる重要会議での警護任務、そして、千葉で起こった拳銃を持った元暴力団員が近所の民家に立てこもるという事件に、応援で出動したのみだ。

その際には、やはり他県警の縄張りを侵さないようにという上層部の示し合わせがあってか、千葉県警のＳＡＴをメインで動かし、犬伏や橋埜は実際の突入にはいたってない。

設立時とは異なり、今では主要都市にＳＡＴ部隊が配置されている。また、ＳＡＴの置かれていない他県警では、機動隊の銃器対策部隊が突入を担当したりもする。

そのため、橋埜が警視庁ＳＡＴにきてから、トップニュースとなるような何件かの立てこもり事件、強盗人質事件などはあったが、実際に対テロリスト絡みの事件で出動したことはなかった。

年齢的にはすでにＳＡＴ隊員の上限に近いため、このまま別の部署に移ることとなるのかという漠然とした思いはあった。

ＳＡＴにいること自体を怖いと思ったことはない。いざという時には、必ず犯人を制圧してみせるという、危険な任務に対する矜持《きょうじ》もある。

ＳＡＴ隊員として拝命した時点で、いざという時には死ぬという覚悟も出来ている。

それでも、やはりどこか不思議な気分だ。

まだ、何事もなく終わると決まったわけでもないのに、すでに緊張感を欠いているのだろうかと橋埜は思った。

　黙って階段を上がるその雰囲気をどう思ったのか、犬伏がニヤッと笑った。

「このまま、出動もなく終わったら、お前、実家に何て言うんだよ、ユウカイ」

「何も」

　橋埜は淡々と答える。

「警察官となった以上は、国のために任務をまっとうしたいって、常々言ってる。もともと実家には、ＳＡＴにいるだなんて言ってない。まだ白バイに乗ってるって、思ってるんじゃないかな」

　特殊訓練が多く、各種機密事項にも触れるため、また、いざとなれば犯人排除を行うこともあるため、ＳＡＴ隊員はその顔や名前を一般だけでなく、警察内部においても公開していない。家族にもＳＡＴに在籍していることを告げてはならないという、徹底ぶりだった。

　そこには逆に隊員の家族を、テロや誘拐などから守るための配慮もあるのだと思う。

「まぁ、そうだわな。俺も機動隊のままにしてある」

　犬伏も頷く。

「兄ちゃんどうなの？　帰ってきそう？　アメリカから」

　寺継ぐために…、と犬伏は尋ねてくる。

「向こうで投資銀行なんかに勤めてるぐらいだから、帰ってくる気は毛頭ないんじゃないか？　今、必死になって向こうで嫁さん探してるみたいだ」

「お前に似てるんだったら、兄貴も男前だろ？」

さらりとであっても、想う男に見た目がいいとほめられると悪い気はしない。

「あんまり似てない。兄貴は母方のじいさんに似て、そんなに背が高くない。頭部もややヤバい」

「アメリカじゃ、ハゲは男性らしさの象徴って言うんじゃないのか？　ブルース・ウィリスやジーン・ハックマン、ショーン・コネリーとかさ」

セクシーなハゲだろ、などと犬伏は軽口をたたく。

「お前な、ガタイのいい白人や黒人のハゲと、アジア系の背が低い痩せ型の男のハゲとは月とスッポン以上に違うぞ。兄貴も幸いにして頭の手入れは剃《そ》らずしてでも楽できるんだから、諦めて寺継げばいいいんだ」

「お前、本当に冷めた顔してとんでもなくご辛辣《しんらつ》なこと言うねぇ」

「あいつがさっさと外資に就職決めて、アメリカなんかに逃げ出すから、こっちもお国の役に立ちたいなんて言って、警視庁に逃げ込んでるんだ。兄貴が普通に日本の企業に勤めてたら、俺も今頃は一般企業で営業やってたかもしれない」

そんな自分は今となっては想像もつかないが…、と橋埜は答える。

「逃げ込んだなんて言うわりには、お前って相当に優秀だと思うけどね。何だかんだ言って、交機も配属基準が厳しいんだろ？　車乗ってて、白バイからお前みたいな冷めた顔のお兄ちゃんが降りてきたら、普通ビビるよ」

「SAT《ここ》は肌に合ってる」

ボソッと言うと、犬伏は楽しそうに破顔した。

「どうする？　走りに行くか？」

尋ねられ、ああ…と橋埜は頷いた。

「着替えて、すぐに降りる」

こうして二人並んで走りに行くのはまったく悪くない気分なのだと、橋埜は思った。

いつまでもこうして二人、ずっと並んで走っていけるような気がするから…。

II

武装勢力によるエール・ブリュー機占拠のニュースの扱いが変わったのは、翌々日の朝のことだった。

当初は『東ヨーロッパ解放戦線』と名乗る、過去にデータのない武装勢力の背景と、犯行《ひ》グループは東欧訛《なま》りの英語を話しているなどといった数少ない情報を、解説員らがまるで他人事《とごと》のように推測していた程度だった。

それが朝一番に橋埜が食堂のテレビでちらりと見かけたニュースでは、犯人らの要求は飛行機の給油と東欧の民族独立運動家の解放、そして二千万米ドルだということになっている。

これは橋埜が深夜のニュースをチェックしていなかっただけで、要求そのものは昨日の夜に行われたという。

「知らなかったか？」

慌ただしい食堂で、代わり映えしない朝の定食を食べながら犬伏が意外そうな顔をした。

「録ってたドキュメンタリー見て、寝た」

俺、普通の番組あまり見ないんだよ、と橋埜は答える。

「九時にはニュースになってたぞ」

「うん、ちょうどその頃から見始めたんだよ」

「じゃ、あれは知ってるか？　釈放要求犯のリストに一部原理主義の宗教家も含まれてて、テロリストの偽装要求じゃないかって言われてるの」

やや行儀悪く犬伏が箸《はし》の先で画面を指すのに、橋埜は振り向く。

どこの宗教であっても過激派は先鋭化しているが、こと中東系となると、最近では原理主義者による拉致《らち》殺害やテロ行為といったイメージが強い。

他の宗教指導者らが近代、現代となるにつれ、過去に行われた聖戦という言葉を忌避しようとしているのとは逆に、宗教指導者自身が聖戦を煽り、自ら名指しで死刑宣告をするのが目立つ。

犬伏の言葉通り、犯人グループ側の偽装要求が疑われています、などと解説員がもっともらしい顔で口にしている。

「偽装要求なぁ…、そもそも『東ヨーロッパ解放戦線』って、どこを解放するんだよ」

橋埜は眉を寄せる。

「東欧って民族も言語も文化も多種多様だろ。今じゃ東欧のくくりがアバウトすぎて、さらに中欧と東欧ってわけるっていうじゃないか」

「まぁね。俺なんか、中欧と東欧の境目もわからんわ」

複雑すぎて…、と犬伏は呟く。

ヨーロッパ自体、島国である日本とは異なり、陸続きのために争乱も多い。何百年にもわたって対立を続けてきた部族がいくつもあるような場所だ。第一次世界大戦のきっかけになった民族問題を抱えるバルカン半島もあれば、そこから黒海を挟んだ東側のコーカサス地方も、いまだに紛争問題、独立問題を抱える地域だった。

「それに、なんで偽装要求なんて話になってるのかね？　あそこはイスラム教徒やら正教徒、カトリックと色々いるだろ？」

「お前、色々と詳しいな」

へぇ…、と犬伏は感心したような顔を見せる。

「詳しいんじゃなくて、俺にはわからないって言ってるんだ」

むっつりと答えると、犬伏はおかしそうに笑った。

「答えの中身はとにかく、潔いまでに男らしいな」

「わからないものは、わからないだろ？　それより交渉次第で、そろそろオーストラリアのＳＡＳＲが突入するかなって思ってるんだけど」

オーストラリア陸軍の特殊部隊も、第二次世界大戦来の長い歴史を持つ特殊部隊だった。

今の寮内では事件の行方そのものよりも、フランスの特殊部隊か、オーストラリアの特殊部隊か、どちらが投入されるかの方が興味の対象となっている。

オーストラリアのＳＡＳＲは、日本のＳＡＴやフランスのＧＩＧＮのような対テロリスト用部隊というより、むしろ敵地での潜入破壊工作を得意とする部隊だった。

これはＳＡＴが警察組織、ＧＩＧＮが憲兵隊組織であるのとは異なり、ＳＡＳＲが軍の正規組織であることも関係している。

能力的にはＧＩＧＮと並んで世界の特殊部隊の中でトップクラスといわれているが、ＧＩＧＮの能力とは少し方向性が異なる。もちろん捕虜救出活動なども行うが、基本的には軍の組織なので攻撃型の展開をする。

「犯人との交渉経過については、何にもニュースにならないな。公式報道はないのか？」

あいかわらず同じ角度から航空機が映し出されているのを見ながら、橋埜は尋ねる。

「日本で報道されてないだけで、ＢＢＣかＣＮＮのニュースあたりを見れば、何かわかるかもよ。俺は英語わからないからあれだけど、お前ならわかるんじゃないか？」

「真田さんや武田《たけだ》さんあたりなら、もう見てるかな。俺も帰ったら、見てみるか。うちの部屋来るか？」

「おう、上がったら寄るわ」

ネクタイの先をシャツの胸ポケットに折り込んだ犬伏は、冷茶の入ったポットに手を伸ばす。

「俺のも頼む」

橋埜は最後に画面を一瞥《いちべつ》したあと、と犬伏の湯呑みの横に自分の湯呑みを並べた。

能力的評価の高い海外の特殊部隊とは異なり、ＳＡＴは部隊そのものの能力は高くても、現場で突入部隊を指揮する犬伏や橋埜には、突入そのものに関する命令権はない。

事態が変わる度に腰の重い警視庁上層部に判断を仰ぎ、さらにはその上の警察庁、国家公安委員会、そして、国際テロともなると最終的には総理大臣からの命令が下るまで現場でずっと待機することになる。

しかし、この上の判断が何かと遅いために、部隊能力そのものは低くはないが、結果的に運用で部隊能力を削いでしまっているとまでいわれている。

諸外国の特殊部隊は、決められた作戦に従って現場指揮者が迅速にすべてを判断してゆく。

そして、それぞれの部隊の能力を最大限有効に使うことに全力を挙げる。

現場を任される担当者の責任は重いだろうが、その分、状況に応じた判断を即座に下せるのも確かだった。

「不謹慎だけど、実際に他国の部隊能力ってどれぐらいのものか見てみたいんだよな」

テレビの中継では、おそらく作戦内容が内部のテロリストらにわからないように一定方向からカメラを固定しての中継となるだろうし、突入から制圧までの時間は非常に急がれるため、まったくの第三者が見ることの出来る情報はほんの瞬間の映像だけだろう。

それでもやはり、同業者としては少しでもその内容を分析し、自分の隊にとっての反省点、改善点などを得たい。

「確かに見てみたいよな」

味噌汁を手にしながら、犬伏も頷く。

「SASRそのものは、もう出てるって？」

「一応、飛行機周辺に待機はしてるらしいけど、テレビには映ってないな」

「投入されるのかね？」

犬伏は再度、食堂の天井近くに取りつけられたテレビを振り仰ぐ。

やはり日本人が絡んでいないだけに、それ以上ニュースとして引っ張るつもりはないのか、早々に高速での玉突き衝突事故のニュースへと変わってしまう。

「今日も暑そうだよなぁ」

　夏休みの帰省ラッシュがどうこうなどという言葉に、犬伏が低く呟いた。

「暑い。朝、目が覚めたら汗だくになってたから、風呂で汗流してる間にシーツも洗ってきた」

「本当にお前って、そういうところマメ。本気で感心するね」

　シーツなんていつから洗ってないっけな、などと犬伏は呑気な返事をする。

「せめて週一で洗えよ」

「いや、月一でよくない？」

「夏場は毎日洗わないと気持ち悪い」

「潔癖すぎて怖いよ、お前。ついでに俺の部屋の鍵渡すからさ、一緒にシーツ洗って」

「なんで俺がお前のシーツを洗ってやらなきゃならないんだ。わけのわからないこと言うな」

「一枚洗うのも、二枚洗うのも一緒じゃないか」

「じゃあ、お前が洗えよ」

　のほほんと笑う男のわき腹を、橋埜は親しさを装った仕種《しぐさ》で小突いた。

　この時は、まだ平和だった。

「橋埜、ちょっと」

朝一番の走り込みを終えた後、習練場で基礎訓練である柔道の組み合いを指導していた橋埜は、犬伏に声をかけられてその場を離れた。

「何だ？」

首筋にうっすら浮いた汗をタオルで拭いながら尋ねると、同じように道着に身を包んだ男は肩をすくめる。

「湯浅課長が班長呼べって。西本は先に行かせた。なんかありそう」

「…面倒じゃなければいいけどね」

訓練を中断してまで呼ばれるような内容だと、あまりありがたくなさそうだと思いながら、橋埜は犬伏と共に部屋まで戻ると、すでに馬淵や西本、狙撃班を束ねる蓬田《よもぎだ》などが顔を揃えている。

そこに加えて、SAT指揮班の四名がいた。

実直な上司である湯浅は、全員が顔を揃えたのを確かめると、前置きなく口を開く。

「オーストラリアでハイジャックされたエール・ブリューが、拉致実行犯らの要求で、成田に向かうらしい。さっき、オーストラリアとフランスから、受け入れ要請があった」

一瞬にして、その場に緊張が走る。

なぜ日本に…という思いは、居合わせた全員が抱いたようだった。

その思いを代表して、最年長の指揮班の真田が控えめに尋ねる。

「何か政治的な駆け引きでもあるんですか？」

もともとオーストラリアはイギリスの植民地であり、独立して百十年ほどたった今も、イギリスやアメリカなどとの結びつきが強い。

オーストラリアの特殊連隊SASRも、もとはといえば世界最初の特殊部隊であるイギリスのSASを参考に作られたものだ。名称はSASから取られたものだし、『危険を冒す者が勝利する』という標語も一緒、そして今も共に合同訓練を行うほど密接な関係がある。

そのためか、何百年にもわたってイギリスと対立し続けたフランスに対しては、全般的に否定的であるとも聞く。かつてムルロア環礁でフランスが核実験を行った時も、欧米諸国が黙認したのに対し、ニュージーランドと共に二国で猛烈に抗議した過去がある。

もともと今回のハイジャック事件の扱いそのものが軽い日本では報道はされていないが、そんな背景があるため、二ヶ国ともお互いに譲り合わないのではないかという推測のようなものはあった。

湯浅はその政治的取引内容を知っているのか知っていないのか、それすらも悟らせないような表情で淡々と答える。

「先進国でありながら、日本は宗教的に中道な立場であるというのが犯人側の理由であるらしい」

「確かに他から見たら、中道っちゃ、中道に見えるかもしれないですけど…、基本が和をもって尊しとなす国民性なだけで、ハイジャック犯歓迎ってんじゃないですよ」

おそらくその場に居合わせた全員が胸に抱いている感想を洩らしたのは、馬淵だった。

「リーダーが、『ビッグ・フェイカー』って呼ばれてるんですっけ？　オーストラリアサイドも、フランスサイドも、かなり翻弄《ほんろう》されてるみたいですね」

真田が洩らす。

「『ビッグ・フェイカー』って何ですか？」

西本が挙手して尋ねるのに、海外ニュースで直接に情報を得ていた真田が答える。

「フェイクのフェイカーだよ。詐欺師、ペテン師野郎ぐらいの意味かな。多弁で、要求の内容が二転三転するらしい。すでに海外では、リーダーの男を『ビッグ・フェイカー』と呼んでる。詳しい交渉内容については、今、こっちにデータを転送してもらってる途中だが、そんな相手だからかなり手こずっていたみたいだ」

「日本に来るっていうのもはったりで、どこか別の国に行くつもりならありがたいんですけどね」

馬淵が溜息混じりに呟く。

「いつ来るんですか？」

眼光鋭い、指揮班の武田が尋ねる。もともと突入班にいた、まがったことの嫌いな男だった。

「日本政府の正式な受け入れ受諾の発表が正午。その後、子供連れの母親を含めた人質十数名を釈放して、給油を終え、離陸する。日本までの飛行時間は、約九時間程度とみられる」

三時から四時頃出発として、だいたい真夜中過ぎの到着だった。

SATは二十四時間出動態勢で、色々な状況を想定して訓練しているものの、のっけから夜中なのかと、橋埜は眉を寄せた。

ただ、馬淵の言うとおり、途中で航空機が進路を変えることも十分考え得るし、実際にハイジャック機が出発後に進路を変えた前例もある。犯人側も、日本がまったく無防備に航空機を迎え入れるとはさすがに思っていないだろう。

「政府側は今後も粘り強く犯人側と交渉してゆく。強行突入という手段は、最終手段だ。だが同時に、その最終手段もありえると考えて、万全を期して備える。そのつもりでかかってくれ」

最後の湯浅の言葉に、全員が背筋を伸ばした。

出動の命令を受けて、隊員輸送のバスで成田へ移動する中、橋埜ら班長は前方の席に座っていた。

「さっき届いた、犯人らとエール・ブリューの機体データだ」

真田がバス前方に設置されたモニターに、ハイジャック機と同じ機体の機内図を映し出すのを、橋埜は犬伏の隣に座って見る。

「機体はボーイング七七七《トリプルセブン》—三〇〇ER型。搭乗員らを含めた人質の数は、女性を含めておそらく二三六名とみられる」

今、就航中のほとんどのジェット機の構造や非常脱出口の位置などが頭に叩き込まれている。あえて説明されるまでもなく、橋埜らにとっては馴染みのある図だった。

七七七—三〇〇型といえば、定員三百六十名超えの大型商業旅客機である。それにしても、人質の数が女性込みで二百人超えとなってくると、食事や水を差し入れるにしても、釈放に向けて働きかけるにしても時間がかかってしまい、かなりやっかいだった。

「一方で犯人側は今のところ、五人から六人ではないかと考えられている。リーダーはかなりくせの強い東欧訛りの英語で交渉に応じているらしい。出自国、母国語などについては、いまだ不明。ただ、最初に目的としていた政治犯の釈放要求の他、人質の身代金の要求、モザンビークの永住権の希望などと、多弁で言うことが二転、三転している」

「モザンビークって、アフリカの？」

思わず尋ね返した橋埜に、真田は頷く。

「そうだ、アフリカのモザンビークだ」

「どうしてまた…？　今はわりに、政治的には中立な国じゃないですか？」

何か特別なイデオロギーのある国ではなかったはずだと、橋埜は首を捻《ひね》る。

「かつては社会主義国家だったが、今は社会主義路線を捨てて、自由経済を取り入れてる。立場的にも西寄りで、アフリカ諸国の中ではかなりの経済成長を遂げてる国だ」

政治犯などが特定主義国家に亡命を図るのはたまにあるが、今回はなぜ中立国の名前が挙がるのか、選択理由が不明だ。

「ちなみにモザンビークからは、犯人らの受け入れは拒否されたらしい」

「でしょうね」

真田の言葉に、橋埜も頷く。普通に考えれば、二百人もの人質連れの面倒なテロリストを好んで受け入れる国はない。

「交渉したオーストラリアの捜査官の見解では、『フェイカー』と呼ばれているリーダー、今のところ、トーリと名乗っている男のことだが、人格障害の気《け》があるか、かなりの躁状態にあるように思えるとのことだ。交渉相手として信用にたる人物ではないという。民族解放のイデオロギーを主張するわりには、主張が一貫していないらしい」

はたして、そんな相手とうまく交渉できるのだろうかと橋埜は思った。

突入そのものは、命じられればいつでも全力を尽くすつもりだが、やはり人質に犠牲を出す可能性もあるし、仲間を失う可能性もある。むしろ、突入で誰もが無傷でいられることの方が非常に難しい。

交渉によって事件が解決するなら、やはりそれがベストには違いなかった。

「そんな言うことが二転、三転するような奴に振り回されるのは、ごめんですね」

無駄を嫌う武田が、眉をひそめたままで言い捨てる。相手を信用できないというのが、一番気に入らないのだろう。

「真田さん」

本部からの無線に応じていた赤城《あかぎ》が、真田に呼びかける。

「エール・ブリュー離陸前に、着陸装置《ランディング・ギア》のエラーをチェックするために外に出た副操縦士が、犯人側に撃たれたみたいです。重体の模様」

一気にバス内に緊張が高まる。

これで、犯人らは人質を手に掛けることが証明された。ひとり人質を手に掛けてしまえば、第二、第三の犠牲者を出すことにも、犯人サイドに躊躇《ちゅうちょ》がなくなる。

むしろ統計的に複数の人質をとる事件では、交渉を優位に進めるため、また、自らの力を誇示するため、積極的に次の犠牲者を物色しようとする傾向があった。

「日本は宗教的に中道だから選んだっていう理由ですけど、本当のところは、昔テロリストの要求に従って、人質を釈放して身代金を渡した経歴があるからじゃないですかね。チョロいって、舐《な》められてるっていうか…」

通路を隔て、犬伏の向こう側のシートに座った馬淵がぼやく。

日本はかつて日本赤軍によるダッカハイジャック事件で、人質の釈放と引き替えに、テロ実行犯への身代金の支払いと政治犯の釈放要求を丸呑みした。

挙げ句、実行犯らの希望通りに亡命まで許した過去がある。

輸出国日本はテロリストまで輸出する、と名指しで世界中から非難を浴びた事件だった。

「まぁ、そんなところだろ。そうでなくても、ちょっと脅せばすぐに金を出すような金持ち大国だなんて思われてるらしいからな」

「ニンジャ、ゲイシャのいる、金の湧いてくる黄金の国ジパングですかね。東欧あたりの人間なら、本気でそう思ってるかも」

勘弁しろよ、すっごい不景気だっつーの、と馬淵は口の中でブツブツ言う。

どちらにせよ、SATは最終突入部隊であって、犯人側と交渉する立場ではなかった。

犯人との直接交渉にはすでに対策本部が設置されているし、フランスからも捜査官が乗り込んでくるだろう。

「フランスから、GIGN来ますかね？」

すぐ前のシートに座った西本が真田に尋ねる。

「馬鹿言うな、他国の警察入れるなんて主権侵害もいいとこだ」

武田がむっつりと答える。

ハイジャック機がメルボルンにいた頃には、他人事のようにフランスが出るか、オーストラリアが出るかなどと言っていたが、話が日本に持ち込まれればまた別だ。

「フランスサイドからの打診は、もちろんあるだろうな」

真田はモニターの横で、淡々と答えた。

目の前でフランス特殊部隊などに活躍されれば、自分達のメンツは丸潰れになるだろうなと、橋埜は溜息まじりに隣の男を見る。

犬伏はどこかこの状況を楽しんでいるような、余裕のある様子で笑ってみせた。


犯人らを乗せたハイジャック機は、予定通り夜中近い時間に到着し、官制側の指示によって、ターミナルから離れた予備路に止まった。

完全に照明を落とした厳戒態勢の予備路で、SATは二交代制で機体から少し離れた場所に空港関係車両を装う形で待機していた。

「東欧の人間じゃないかもって？」

はいぃ？…、と声を上げたのは、犬伏だった。

「おう、これな…」

馬淵は犬伏と橋埜を前に、車内でノートパソコンの画面を指さす。

「さっき望遠の赤外線カメラで撮影した操縦室内の『フェイカー』の写真なんだけど、どちらかっていうと南欧寄りの顔らしいんだわ」

どれ…、と犬伏と橋埜は画面を覗き込む。

「南欧に寄ってますかね？」

「そもそも、東欧顔っていうのがイマイチ、ピンとこないしな…」

犬伏と橋埜は首を捻る。

「第一、ヨーロッパじゃ昔から色々混じり合ってるから、顔の系統っていうのがそんなにあてにならないだろ。まぁ、これは分析官の推測の域。一応、交渉するにあたって色々犯人の身許洗わなきゃいけないからさ」

ふーん、と橋埜は唸り、座った馬淵を見下ろす。

「で、犯人側との交渉はどうなんですか？」

「どないもこないも、やりとりだけでかなり難航してるらしい。すごく訛りが強くて、下手な英語らしくてな」

「俺レベルですかね？」

ほう…、と犬伏が尋ねる。

「そりゃ、担当者に同情しちゃうよ、俺。一応、『フェイカー』は英語下手でも、やたらめったら喋り倒してるらしいぞ。お前、そもそも英語だとさっぱり喋れないじゃないか。犯人に失礼だ」

アホか、お前はなどと暴言を吐く馬淵に、橋埜は犬伏の肩に腕を引っかけながら尋ねる。

「それだけ喋るっていうなら、そろそろ馬脚をあらわしませんかね？」

「それそれ、やっぱり喋りすぎるとバレるんだよ」

馬淵はニッ、と笑う。

「外務省側から東欧方面の担当者や大学の東ヨーロッパ言語の先生やら呼んで、色々相手側の出身の言葉を分析してるらしいけど。で、分析結果を国際刑事警察機構《ICPO》に照会するらしい」

「なんかヒットしますか？」

「うーん…、さっきの写真の方が先に引っかかってくればいいんだけどなぁ。あれも不鮮明だからな」

言いかけた馬淵が、そうだと顔を上げた。

「犯人側の身代金要求額がガツンと値上がりして、今、六百億ドル…、約五兆円らしいぞ」

「…奴ら、日本の国家予算が九十五兆円って知ってるんですかね？　本当に、五兆円の意味がわかって言ってるんですか？」

橋埜は腕を組んだまま首をかしげた。

「おう、黄金の国ジパング。振れば小判が出てくると思ってるんじゃなかろうか」

「でも、この場合、払うのフランスでしょう？　フランス機なんだから。オーストラリア人も乗ってるなら、オーストラリアと折半とかになるのかな」

なぁ、と犬伏に声を掛けると、馬淵が笑う。

「でも、それがなぜか日本政府に請求されちゃってる不思議」

「いくら請求されても、国家予算の二十分の一も払えるわけないじゃないですか」

「ねぇ？」

見上げてくる馬淵に、ねぇ、と橋埜も返す。

「俺が犯人と交渉するとしたら、『GO　HOME!』ですね」

犬伏が腕を組んだまま、ぼそりと言い捨てる。

「それ、交渉終わるから」

馬淵がギシギシと椅子を揺らしながら答えた。

III

ハイジャック機が日本に到着してから二日目。

待機中のSAT隊員や消防隊、救急隊員用に開放された空港の職員用シャワー室の脱衣所で、橋埜は身につけていたアサルトスーツを手早く脱ぎ捨てる。

天井の蛍光灯の白さが、必要以上に目に沁《し》みる。

疲れもあるのだろうが、暗視用ゴーグルを長らくつけていたせいかと、橋埜はタオルを手に白いタイルに囲まれたブースに入った。

交渉は予想以上に難航しており、ここにきて、撃たれた副操縦士が重体と聞いた犯人側の態度そのものがかなり硬化しているようだ。

食事運び込みの作業員は女性に限定され、人質とフランス政府高官との交換要請も捜査員が入り込む隙があるとの理由から、拒否されている。長い拘束により、具合を悪くしている人質も何人かいるらしいが、犯人側は解放要請にはいっさい応じないという。

客室乗務員が気を利かせて、フランス側に犯人らの機内のやりとりを携帯で一部流したが、電波状態が悪く、翻訳解析も難航しているらしい。

このままだと、突入は必至だった。

おそらく真田の言葉通り、犯行グループが日本行きを希望したのは、いまだにテロに容易に屈する国だとの侮りや憶測などがあるのだと思う。三十年以上経った今でも、国際的に失った信用はまだ戻らないし、一度ついた評価は相当のことがない限り覆せない。

だからこそ、二度とテロに屈する国だと思われてはならない。以前のような脅せば容易に膝を折る国だと思われてはならないというのが、日本側の立場だった。

事件の解決には国の威信がかかっており、そのために命をはる…、すでに覚悟も出来ている。

ただ…、とシャワーを使いながら、橋埜は思った。実際に現場で突入の指令をひたすらに待つ時間というのは、想像していた以上に消耗する。

むろん、生命の危機にさらされ続けている機内の人質はもっと疲弊し、消耗しているのだろうが、ずっと出動待ちをしている側も消耗戦だった。

それはSAT隊員のみならず、交渉にあたる上層部、非常事態に備えて配置される消防職員や救急職員もそうだ。固唾《かたず》を呑んで、動きのない機体をただ見つめ続ける。

やはり、それは思っていた以上にキツい。

お湯を止めると同時に、いつのまにか小さく溜息をついていた自分に苦笑し、橋埜は濡れた髪をかき上げながらブースを出た。

「よう、お前もシャワー？」

すでにアサルトスーツの上を脱ぎ捨てた犬伏が、上半身裸の姿でずかずか入ってくる。

馴れた寮の風呂や警視庁のロッカーなどとは異なり、狭い場所だとみっしりとした筋肉の乗る鍛え上げられた体格のよさが際立つ。

「お前っ！　服着ろよ、服っ！」

何をとんでもない格好をしているのかと、橋埜はとっさに焦って叫ぶ。

「今からシャワー浴びるのに？」

犬伏が怪訝《けげん》な顔となるのに、そっか…、と橋埜は呟く。

「服っていうなら、お前のほうがすっ裸じゃないか。疲れてんのか？」

「これは…失礼。確かにちょっと休憩に入って、気が抜けてた。余計なこと考えてたし…」

橋埜は手にしていた濡れたままのタオルを、腰に巻く。

犬伏はニッと笑った。

「なーんか、お前の焦る顔って初めて見たわ」

「そうか？」

憮然とする橋埜に、犬伏は頷く。

「お前ひとり？」

「他のメンバーは仮眠してたり、先に飯すませてたり。せめて休憩時間くらい、自由にさせておいてやらないと。オフ時にまで気を遣わせるのはかわいそうだろ。俺は汗流したいから、先にシャワー浴びにきた」

「うちも似たようなもんだ。やっぱり、皆思った以上に緊張してる。士気が高いのはありがたいけど…」

腕を組み、白いタイルの壁にもたれた犬伏は、ひんやりして気持ちいいなと目を伏せる。

そんなどこか子供っぽいような仕種に、橋埜は思わず微笑んでいた。

「まぁ、突入がお前と一緒でよかったわ」

「俺と？」

まだ、西本のいる三班と千葉のＳＡＴがいるのにと、犬伏の断定口調を不思議に思う。自分達が休憩中には、突入担当のあの二チームが命令待ちで待機している。

「突入時には、休憩中でも俺達が引っ張り出されるよ。何だかんだって理由つけてさ、交代時間繰り上げてでも出ることになると思う」

「なんでそう思う？」

「さっき、指揮班の真田さんに言われた。繰り上げてでもお前を行かせるからって。そう決まってるからって」

なるほど、決定事項かと橋埜は頷く。

指揮班は、確実に仕事をするとわかっている犬伏に任せようというのだろう。

しかし、三つあるチームのうち一番の精鋭ともいわれている一班が投入されることがあっても、さすがにサポートにまわるチームまではわからないだろうと思う。

「一緒なのは、うちじゃないかもしれないぜ？」

「俺がサポートには必ずお前を指名するから」

犬伏は腕組みしたまま、横目に橋埜を見た。

普段は陽気な光をたたえている目が、いつになく真摯《しんし》な色を宿していた。

「だって、お前にしか俺と俺の部下は預けられないじゃないか」

「預ける？」

「そう。命預けるほどに信用できる相手って、お前ぐらいしかいないんだよ。お前だったら、間違いなく任務をこなしてくれる。完璧にやりおおせてくれるからだよ」

これだからこの男は困ると思いながら、橋埜は濡れそぼった髪をかき上げる。

「何だ、口説いてんのか？」

「口説いてサポート頼めるなら、いくらでも口説くわな。西本は口説きたくないけど」

男の言い分に、橋埜は苦笑する。

「…そうか」

そして、緩んだ口許を無理にまげた。

「まぁ、そこまで言うなら、頼まれてやらないこともない」

「わぁ…、すっごい大上段からもの言いますね」

わぉと、犬伏は口許に手を当て大仰に驚くふりをする。

「おまえんとこさ、突入時、先に立つ奴って誰だ？」

「俺と並川《なみかわ》。あとサブで平野《ひらの》をつけるかな」

航空機に突入できる進路など限られている。特に武装したテロリストが銃などを携帯して人質の側に立っている場合は、進入路は限られる。

たいていは胴体下の搬入口や主翼上の非常脱出口など、目につきにくい入り口から一気に突入するが、進入路も狭いため、先頭に立つ人間は非常にリスクが高い。

むしろ、真っ先に複数のテロリストの標的にされる人間だと考えたほうが早い。

「それってさ、チョイス理由はお前と並川が次男で、平野は？」

「射撃が正確なのと独身っていう理由」

そうか…、と犬伏は頷く。

一度機内に入ってしまえば、あとは敵の攻撃力を削ぐのみのわずか数分間の短期決戦だった。

誰かが長時間にわたって指揮を執らねばならない、敵地で隊を率いなければならないという戦地での潜入作戦などとは異なるため、班長が多少撃たれたところで支障はない。

突入に先立つメンバーを決めるのは班長だが、それもあって橋埜は自らが先に立とうと思っていた。

誰かが倒れても代わりがいるという考え方は非常に嫌なものだが、命にかかわる危険な任務である以上、一番リスキーな場所には、まだ妻子のいない者、他に家名を継ぐ兄や弟などがいる者を選ぶ。

優先して選出したというより、妻帯者、一人っ子、家督を守らなければならない者を除外していくと、消去法でそうなってしまう。ある意味、苦渋の決断だった。

「お前は？」

「俺は…」

言いかけて犬伏は苦笑いした。

「場所変えるか？　こんなところでする話でもないから」

「すぐに服着るから、待ってろ」

橋埜は脱衣籠《かご》を前に、濡れた身体を手早く拭っていく。

それをすぐそばに来て眺めていた犬伏が、口を開いた。

「お前さ、いい身体してんな」

「ああ？」

何を言い出すのだと、橋埜は呆れる。

第一、いい身体というなら、日本人よりも西洋人に体型の近い犬伏のほうがよほど体格には恵まれている。

橋埜はそれなりに背もあり、身体つきなども締まっているが、日本人離れした長身と胸まわりや肩、腰に厚みのある犬伏のような体格では骨格の造りや骨の太さからして違う。

「お前に言われたかねぇよ。なんだその派手に盛り上がった大胸筋や三頭筋。アナコンダとでもやりあうつもりか」

素手で楽に絞め殺せるんじゃないかと、橋埜は言った。

「これか？　別にプロテインとかは飲んでねーよ」

「プロテインじゃないのは知ってる。ただ、俺は鍛えてもそういう体型にはならないっていうだけ。お前はアナナコンダとでも、ガチでやりあえるっていうだけ」

「アナコンダって、体長五メートル超えじゃないのか？　電柱より太いんだろ？　無理無理、死ぬって。頭からパックリ食べられちゃう。やりあう前に、走って逃げるわ」

第一、ああいうとぐろ巻くタイプは生理的に嫌だ、などとぼけたことをいう男の横で、いつのまにか橋埜も笑ってしまう。

「いや、でも本当に坊さんにするには惜しい感じ」

「勝手に坊主にするな。俺は辞めない。坊主にもならない」

「そっかぁ？　似合うと思うぞ、ユウカイ和尚」

「坊主読みするな」

憎まれ口をたたきながら、ざっと身体をタオルで拭った橋埜は着替え用のアサルトスーツを身につけてゆく。

「じゃあ、祐海《ひろみ》」

脱衣用の棚に腕を引っかけ、からかってくる男の太腿《ふともも》あたりに、橋埜はまわし蹴《げ》りを入れる。

「その名前で呼ぶな」

「どう言えばいいっていうんだよ。きれいな響きの名前じゃないか」

別に橋埜も本気ではなかったが、多少蹴りを入れられたところでびくともしない男は、へらへら笑う。

「うるさいっ！　女みたいな名前で、嫌なんだよっ」

「えー、難しい奴だな、もう」

降参、降参と犬伏は両手を上げてみせる。

「でもさ、お前だったら本当に美形の坊さんになりそう。頭の形いいもんな」

「俺の頭の形なんて、何で知ってる」

「いや、だってお前、SAT来たての頃は髪の毛スタイリッシュに短く刈り込んでたじゃないか。こう…、しゅっとした頭の形で、見た目のいい男はスポーツ刈りでも男前なんだなーって感心したのに。…っていうか、あれ、床屋で刈ったんじゃないよな。美容室だよな？」

でも、スポーツ刈り、と犬伏は笑う。

「若かったし、変に髪の毛伸ばしても目ぇつけられるし、交機の先輩怖かったし」

半端なく体育会系で、入隊直後は新入隊員は冗談ひとつ言えない雰囲気だった交通機動隊の強面の面々を思い出し、橋埜は言った。

「まぁな。でも、今の方が雰囲気的に合ってるよ。いかにも切れ者そうで。顔のいいのが、より目立つよな。それで坊さんなんかになったら、ご婦人方の信者さん達がすごく喜んでくれそう」

信者さん？　信徒さん？　などと、犬伏は首を捻る。

「うちは真言宗だから、信徒だ」

「それそれ、信徒さんね。俺がお前ほどの顔を持った美形の坊さんだったら、そのちょっと冷たそうな顔と声とをいかして、婦人会にめちゃくちゃサービスしまくっちゃうね。『シビレるお経』とか『癒されるお経』いうタイトルで、マイCDとか作って販売。お布施ガッポガッポでノータックス」

「だから坊主にはならないと言ってる。だいたい、婦人会にどんなサービスするつもりだ、お前は？　第一、普通に寺やってる分には、そんなに儲《もう》からん。しかも、法事だ何だで、土日、祝日、盆休みはないぞ。人が死んだら枕経も読まなきゃいけないから、年中無休だ。旅行にも行けない」

馬鹿め、と橋埜は犬伏を冷ややかに見る。

「どんなサービスってさ、そんな恥ずかしいこと、とても言えない」

えーっ…、と純情ぶる自分よりでかい男の首に、橋埜はぐいと腕をまわして裸締めをかける。

「婦人会はおばちゃまから、おばあちゃまクラスの、下手すりゃひぃおばあちゃまレベルのよく練れたご婦人方だ。アホみたいなピンクな妄想を垂れ流すな。気色悪いわ」

橋埜《はしの》は、ノーッ、ノーッ…、と大仰に騒ぐ犬伏《いぬぶし》の首をおらおらと締め上げた。

適当にカツを入れた後、橋埜はさっさと犬伏を離す。

考えていた以上にピリピリとしていた緊張感がほぐれ、気分も楽になっていた。こういうあたり、本当にこの男は他人をリラックスさせ、士気を上げることを簡単にやってのける。かなわないなと思うと同時に、感謝せざるを得ない。

橋埜は犬伏を促した。

「どこ行くよ？」

もともと一時的に空港職員用施設を提供してもらっているだけで、立場的には部外者だ。これといって話の出来る場所のあてがない。

「そうだな。ここの屋上、多分上がれるぞ。なんか外の空気にあたりたいわ」

「そうだな、お前のでかい図体は目立ちすぎてよくない。上に上がれるなら、上がるか」

どうしていちいち、そんなに口が悪いんだよとぼやく犬伏と共に、滑走路の状況が眺められる屋上へと、二人して出る。

閉鎖された成田空港で、夜の滑走路上に遠くぽつんとある機体が、こうして離れて見てみると現実味のない映画の一コマのようにも見える。

普段、事件があるとうるさいぐらいに上空を跳びまわるマスコミの報道ヘリが、今は警察による自粛要請で一台も飛んでいないため、普段の成田にしては怖《おそ》ろしいぐらいに静かな夜だった。

「何だ、話って」

ステンレス製の柵《さく》に腕を引っかけ、橋埜は尋ねた。

「いや、あらたまってっていうのもなんだけど、さっきの先頭に立つ奴の話」

犬伏は珍しく眉《まゆ》を寄せた。

普段、何事においても前向きで楽天家なだけに、こんな難しい表情を見せること自体が珍しい。

「問題あるのか？」

「いや、アキラと飯田《いいだ》を選ぼうと思ってるんだけど」

飯田はＳＡＴのキャリアが長く、今年ですでに五年目になると思う。犬伏の次のリーダーは、おそらく飯田だろうなというぐらいに出来もいい。男三人兄弟の真ん中だというので、犬伏が指名するのもわかる。

「問題なのは、高梁《たかはし》か？」

橋埜は尋ねた。

「相澤《あいざわ》がこの間結婚したから、必然的にアキラになるんだけど」

この核家族化しているご時世、十五人程度の班の中で男兄弟が他にいるような人間は何人もいない。

そうなると、逆に家族のいない高梁という選択になってしまうのが、犬伏には辛《つら》いのだろう。

「アキラさぁ…、まだ若いじゃないか。この間、二十一になったばっかりだぜ」

犬伏は大きな手で鼻の頭あたりをこすった。

橋埜もやるせないような思いで目を伏せた。高梁には身寄りがないから、よろしく面倒を見てやってくれと課長の湯浅《ゆあさ》に頼まれた時に感じたやるせなさが、高梁のはにかんだような笑顔に重なる。

「二十一か…、雰囲気がスレてないのと、ピュアっぽい感じがあるから、二十歳《はたち》前に見えないこともないな」

「あいつ、訓練中はそれなりに締まった顔してるんだけどな。責任感強いし、根性あるし。弱音も絶対に吐かない。でもさ、オフになるとやっぱり年相応だよ」

犬伏は眉をひそめた。

自分達だって、二十七とさほど人生を重ねたわけではないが、二十歳を越えたばかりの頃とは感覚的にかなり違う。そろそろ三十という年齢を意識しはじめるし、二十歳の頃とは違って色んなものも見えてくる。

「あいつの親御さんの墓のこととか、これまで辛い思いもしてきてるのにこれ以上ひどい目に遭わせたくないとか…、そういうこと頭に浮かぶと…何だろうな、俺はこういうことはうまく言えないけどさ…」

犬伏の言いたいことはよくわかった。

高梁にはもっと色んなものを見せて、色んな経験をさせてやりたいのだろう。

橋埜も高梁が犬伏に想いを寄せていることは知っているが、それとは別の意味合いで恋愛もさせてやりたいし、かなうことなら幸せな家庭を持たせてやりたいと思う。

親を亡くして以来、これまでに高梁が寂しい思いをした分だけは、幸せになってほしい。

同じ班で弟のように高梁に目をかけていた犬伏は、きっと橋埜以上にやるせない思いだろう。

橋埜は引き結んでいた唇を開いた。

「高梁《あいつ》はきっちり任務を果たすと思う」

それに…、と橋埜はつけ足した。

「それに高梁なら、自分が天涯孤独だから選ばれたんだなんて、僻《ひが》み根性でお前を恨むこともないだろう。きっとお前の役に立ちたいって…、むしろ名誉だって、そう言うと思う」

名誉だ、誉《ほま》れだなどといえば時代錯誤だと思われるかもしれないが、それはこの仕事を目指した以上、ひとりひとりが胸に抱えた矜持《きょうじ》だった。

非常にリスクの高い、最悪命を落とす危険性の高い仕事でありながら、有事には必ず誰かがやらなければならない仕事でもある。それをやりおおせるのは自分であり、選ばれた以上は見事にやり遂げたいという思いがなければやっていられない。

そもそも、リスクも覚悟の上でなければ、最初からSATへの入隊を志望することもないだろう。

「それにお前だったら、高梁に怪我《けが》させるようなヘマはしないだろう？」

橋埜が笑いかけてやると、犬伏はどこかが痛いような顔を見せ、口許《くちもと》を歪《ゆが》めたままで頷《うなず》いた。この男でも、不安はあったらしい。

「無事に帰ればいい。きっちり任務を果たして」

橋埜は犬伏の厚みのある肩をたたいた。

「それに、もし…」

橋埜は口許に笑みを浮かべる。

「もし、お前や高梁に何かあったら、俺が高梁の墓の前でお前の代わりに詫《わ》びてやるよ。お前がいなくなって、高梁が怪我したっていうなら、俺が責任持って面倒見てやる」

「そうしてくれるか？」

かなり思い悩んでいたのか、犬伏はわずかにほっとしたような表情を見せる。

普段は別に信仰心などとはほとんど無縁に思えるが、もし自分に何かあればと思うと、やはり天涯孤独だという高梁のあとあとのことについてなどを、色々と気にかけているのだろう。

橋埜の実家が寺であることなども、話しやすくさせているのかもしれない。

それぐらいで、そんな救われたような顔を見せるな…、橋埜は思った。

この男が頼むというなら、何でもしてやるつもりでいた。

「まぁ、お前の墓もたまには見に行ってやってもいい。それなりに経でも上げてやる」

「俺が死ぬこと前提なわけかよ」

えー…、と犬伏は大きな両手で屋上のステンレス柵をつかみ、今の緊迫した状況にもかかわらず、普段と変わりない夜空を見上げた。

「なぁ。もし俺に何かあったらさぁ、頭丸めて仏門入ってくれるか？」

「はぁ？」

何を寝とぼけたことを言ってやがる、と橋埜は男を睨《にら》む。

「友を弔い、その成仏を祈るために仏道を選びましたとか言ったら、きっと信徒さんも感激すると思うんだよな」

「別に感激してもらわんでもいいし、第一、俺は坊主にはならない」

「またぁ、照れちゃって」

あっけらかんと犬伏は笑う。そんなガキ大将のような笑い方がどうしようもなく可愛く思えて、素直でない橋埜は反射的に眉をひそめた。

「照れとらんわ、間抜け。人に頭丸めろとかいう暇があるなら、何が何でも成功させろ。俺

は寝るぞ、お前もさっさとシャワーでも何でも浴びてこい」

貴重な休憩時間を無駄にしたと憎まれ口をたたきながら、橋埜は犬伏に背を向ける。

「突入するなら、いつだと思う？」

犬伏の問いに、橋埜は振り返る。

「夜明け前。今は五時前ぐらいから空が明るくなるから、その前かな」

「分析や作戦説明なんかを入れると、二時前に集合か」

犬伏は時計を見る。

「まぁ、そんなところだろうな」

頷く橋埜に、犬伏は滑走路上の機体を背に笑いかけてきた。

「聞いてくれてありがとうよ。もしもの時は、頼む」

橋埜はひとつ頷き、行くぞと顎《あご》をしゃくってみせた。

IV

——午前二時一〇分——

年配の女性客がひとり容態を悪くし、意識を失ってもなお、犯人側が女性客の搬送を拒み、身代金に固執していることをきっかけに、ついに突入の命令が下された。

指揮班全員と突入にあたる一班と二班、狙撃班、技術支援班の班長を集め、突入作戦の最終打ち合わせが行われていた。

「やっかいなのが、操縦室に機長と共に立てこもっている『フェイカー』だな。入院中の副操縦士の証言通り、厳重な施錠に加えてさらに外からは容易には壊せないような閂《かんぬき》状の鍵がつけられてる。こいつに簡易だが、衝撃が加われば爆発するタイプのプラスチック爆弾が設置されている」

真田《さなだ》の言葉に応じ、馬淵《まぶち》が望遠レンズを用いて、操縦室のドアを内側から撮影したものをホワイトボード脇の画面にさらに拡大してみせる。

操縦室の扉は、アメリカ同時多発テロ事件以後、外部からは多少の銃器でも壊せないほどに厳重、かつ丈夫な施錠が義務づけられている。これは、今回乗っ取られたボーイング七七七《トリプルセブン》―三〇〇機でも同じだった。

むろん、突入時には大型ハンマーなどを用いての扉の破壊は可能だが、今回、『フェイカー』はその扉の破壊に対抗するためか、内部から爆弾つきの閂まで取りつけているという話だった。強引に突入すれば、その衝撃で扉が吹き飛ぶ。

「本当に嫌な奴だな。死なばもろともかよ」

自己中のペテン師野郎、と毒づいたのは指揮班の武田《たけだ》だった。

ふと思いつき、橋埜は顔を上げた。

「高梁晄《あきら》はどうですか？」

「高梁？」

真田が尋ね返すのに、あ…、と犬伏は顔を上げた。

「アキラに操縦室の窓から特殊閃光弾《スタングレネード》か催涙弾つっこませるか？　あいつは身も軽いし、速い」

橋埜の脳裏を、訓練時に驚くほどの速さで細く安定の悪い橋梁《きょうりょう》の上を走り抜けた高梁の、まさに猫と呼ばれるだけの身のこなしがかすめる。

「高梁なら窓さえ割ってやれば、操縦室に近い屋根からそこに特殊閃光弾を突っ込んで中へ進入することは可能かと思います。もし高梁を走らせるなら、うちから真壁《まかべ》をサポートで出す。三班から、三島《みしま》あたりを出させるか？」

橋埜はいずれも敏捷性《びんしょうせい》に長《た》けた機動力の高い隊員の名前を挙げる。ロープ渡りや狭い場所に身をくぐらせることを得意としているメンバーばかりだった。

それなら…、と真田がそれを受けた。

「狙撃班で、対物ライフルを使って操縦室の天井近い窓を狙《ねら》わせる。その直後に高梁を走らせろ。操縦室内へ突入して、『フェイカー』拘束後、内側から扉に設置された爆弾を外す」

対物ライフルは重い大口径弾を使用する。この対物ライフルなら、一般のライフルでは撃ち抜くことの出来ない航空機の風防ガラスを破壊できる。

「内側から外すのは、そんなに難しい爆弾じゃないですよ。『フェイカー』は、武器や爆発物の扱いに関しては、そう詳しい方じゃない。この銃の持ち方からしても、特別に訓練を受けたわけじゃない。撃たれた副操縦士も、背中から十五センチ程度のところで銃を撃って外したわけですから、多分、狙撃技術は素人《しろうと》レベルだと思いますよ」

馬淵はやはり操縦室内で銃を下げた『フェイカー』の姿を画面に大きく映し出す。

もし、『フェイカー』と呼ばれる男が歴戦の強者《つわもの》、あるいは特殊部隊などで専門の訓練を受けている相手などであれば、飛び込む高梁のリスクは非常に高くなるが、素人に近い相手ならさほど難しい仕事でもない。

むしろ、非常脱出口から複数のテロリストの前に飛び込む二番手、三番手となるよりは、よほど被弾率は低い。

「高梁と真壁、三島を呼んでもらえば、外し方をレクチャーします。高梁と真壁は、爆発物に関しては十分知識あるんですけど、まぁ、念のためにね」

「じゃあ、いったん解散。五分後に全メンバーを集めて、再度、全体への作戦説明を行う」

真田の号令で立ち上がった時、隣の犬伏がとんと軽く肩を突いてきた。

「ありがとうな、アキラのこと」

やはり突入時、高梁をリスキーな先頭に立たせることを気にかけていたのかと、橋埜はそんな男を見上げた。

操縦室への進入制圧を任された高梁が二番手から外れれば、結局は代わりの誰かを選ばなければならなくなるが、それでも若くて天涯孤独な高梁を指名することは避けたかったのだろう。

橋埜は軽く、犬伏の肩を小突き返した。


――午前四時三〇分――


照明を落とした誘導路上の機体の下、機内からは死角となる場所に橋埜の班は待機していた。胴体下から最後尾の非常脱出口に設置された特殊梯子《はしご》の先を、すでに作戦の予行訓練まで終えたメンバーが見上げるように待っている。

ここからは見えないが、すでに空港職員用施設の屋上には、対物ライフルを設置した狙撃班が待機しているはずだった。

機体の屋根の上には、高梁と真壁、三島の三人の操縦室進入メンバーがすでにこちらも待機している。

脱出口の開口準備を終え、特殊集音装置を用いて機内の様子を窺《うかが》っている技術支援班が、やがて手でGOサインを出した。

「二班、準備完了」

突入準備が完了した旨を低く無線に告げると、真田の声が応じた。

『一班、操縦室制圧班、狙撃班、すべて準備完了。連携して突入せよ』

「了解」

答えると、橋埜は無線を切る。

これ以降、指揮班との無線でのやりとりはできなくなる。指揮班だけでなく、一班、操縦室に飛び込む高梁ら操縦室制圧班、狙撃班ともやりとりはできない。

すべてが作戦通りに展開され、やりとりはジェスチャーのみとなる。

橋埜は班のメンバーを振り返った。今から、二班突入作戦のすべてが橋埜の肩にかかってくることとなる。

橋埜は特殊梯子を上がってゆくと、一番先頭の位置で脱出口のレバーに慎重に手を掛けた。

すぐかたわらに、二番手に続く並川《なみかわ》がつける。

作戦通り、主翼上の非常脱出口脇で待機中の一班のメンバーが、手にしたミニライトで合図する。

一度…、二度…、三度目の合図を機に、橋埜は脱出口を一気に外側へ引くと共に、中へ閃《せん》光弾《こうだん》を投げ入れた。

閃光弾の炸裂《さくれつ》と共に一気に機内へと飛び込む。

あらかじめ集音装置によって位置を把握していた後方担当の犯人のもとへ走り、銃を持った腕を銃床で叩き落とした。

並川と二列に分かれて通路を前方へと進むと、爆音と閃光で視覚や聴覚を奪われ、パニックに陥ったのか、トイレ脇にいた犯人のひとりが、やにわに手にした銃をやみくもに撃ちはじめた。

緊張からか、人質となった乗客や乗務員にあたると焦ったのか、すぐ後ろにいた平野《ひらの》がひと呼吸置くのを忘れ、防弾盾を手に前へと飛び出しかける。

とっさにその肩を押さえると、左肩に弾《はじ》かれたような衝撃が走った。

熱い。

跳弾！――……とっさにそう思った。やみくもに撃たれても、当たる角度ではないはずだ。

橋埜は歯を食いしばり、防弾盾の陰から構えた短機関銃で男の肩口と手首を狙って撃つ。

肩口と手首を撃ち抜かれた男が、何か叫びながらかがみ込む。一気にそこへ走り寄って、右に持った短機関銃の銃床で、狂乱状態の男を右下から殴りつける。

がつんと手応えがあって、暴れていた男が仰向《あおむ》けにひっくり返った。

銃を手にした男の腕を足で踏みつけたところで、平野が走り寄ってきた。

撃たれたとは、とっさに伝えられなかった。

制圧完了予定まで二分。このまま進みきらねばと思ったのは、意地とプライドによるものだったかもしれない。

そのまま、橋埜は無言で防弾盾を手に、トイレ、厨房《ギャレー》と開けながら、小走りで前へと向かう。

計画通り、並川が反対側の通路を確認のために進んでゆく。

ひとり、閃光弾の大音響に呆然《ぼうぜん》とした様子で座り込んでいた男の手を防弾盾で押さえつけると、続いてきた平野がその手から短機関銃を奪う。

シートの陰など、人が潜めそうな場所を、素早くくまなく調べてゆくと、前方から進んできた犬伏の部隊の飯田が確認オーケーだという印に、無言で銃の先を振ってみせる。

橋埜はそれに同様に、オーケーだと大きく銃の先を振り返してみせた。

その時、初めて弾の当たった左肩が疼《うず》いた。橋埜はとっさに唇を噛《か》み、声を殺した。

飯田は頷くと身を捩《よじ》り、前方に向かってひとつ、確認オーケーとサインを送る。

さらにそれをひとりが中継し、前方へと伝えた。

操縦室内部を解放し、リーダーを拘束したのだろう、ひときわ大きくて目立つ男の姿が、こちらにやってくるのが見えた。

『機内制圧完了！』

突入後、すべてが無言で行われた中、初めて無線から頼もしく力強い犬伏の声が響く。

「制圧完了」

橋埜は続いて、無線マイクに告げた。

『機内制圧確認！』

真田の声が受令機から答えてくる。

落ち着いているが、声には満足げな響きがある。

閃光弾の炸裂にとっさに身をかがめていたらしき乗客らも、いっせいに乗り込んできたSAT隊員らの姿に、さっきまでの緊迫しきった状況とは異なることがわかったのか、徐々に姿勢を解く。

閃光弾のせいでまだ視覚や聴覚が完全には戻らない乗客らに、安全と解放状況を伝えるため、橋埜は手近な乗客の肩を叩き、ヘルメットの陰からわずかに覗《のぞ》いた目許と口許で笑いかけ、もう大丈夫だと表情とジェスチャーで知らせてゆく。

その間も、犯人の身柄確保のために、結束紐《ひも》で手脚を固く縛り上げてゆく隊員らもいる。

機内にほっとしたような空気が流れると同時に、橋埜は肩口に濡《ぬ》れた感触が広がるのを感じた。

負傷したなという実感が、いよいよ身をもって迫ってくる。

ちらとこちらを振り返った犬伏が、フェイスマスクの陰で自分に向かって笑いかけてくるのが見えた。こんな場には不釣り合いなほどに、首尾よく悪戯《いたずら》をしおおせたような、子供っぽく無邪気な笑い方だった。

思わずつり込まれ、橋埜も口許で笑ってしまう。

緊張が解けたせいだろう。今になって、撃たれた箇所がどんどん痛んでくる。

ミスは最初に報告しなければ、最後まで報告の機会を失う…、いつか研修中に習った言葉が頭をよぎる。

橋埜は傷に関しては一言も口にしないまま、乗客らの肩を叩いて、解放を知らせていった。


重体の女性客が救急車で緊急搬送されたあと、『フェイカー』を含めた傷を負った犯人三名と、拘束された二名が機外に連れ出されるのを、先にタラップを下りた犬伏は見上げていた。

その後、解放された乗客らがタラップを下りて、夜明け前の機外に出る。

いつ殺されるかわからない状態で、動くこともままならずに何日も拘束されていたのは辛かっただろう。誰ともなく、わっと喜びの声が上がる。

タラップ周囲は、ハイジャック犯らのもとから無事解き放たれたことを喜ぶ乗客らの歓喜に、一気に包まれた。

マスコミ各社がいっせいにフラッシュを焚《た》いて、その様子を映し出す。

SATから、飛行機を取り巻くようにして待機していた刑事部の専任の捜査官らに、拘束された犯人らが引き渡される。

突入時に乗客一名と客室乗務員二名が怪我を負っていたが、いずれもかすり傷程度の軽症だった。

機内に爆破物が設置されていないかどうかを、ＳＡＴと入れ替わりで入った爆発物処理班が丹念にチェックしてゆく。

最後まで気は抜けないと、犬伏はまだ装備を解かずに、Ｈ＆Ｋ《ヘッケラー・コッホ》の短機関銃《ＭＰ５》を手にしたままで機外から見守っていた。

「橋埜さん…!?」

「…橋埜班長が！」

突如、背後で上がった息を呑《の》むような声に、犬伏は振り返った。

後ろで肩口を押さえた橋埜の左腕のグローブの先から、鮮血が滴り落ちるのが見える。

犬伏は大きく目を見開いた。

「…橋埜!?」

ゆっくりと橋埜がその場に膝《ひざ》を突く。

くずおれるというほどではなかったが、任務を終えて緊張が解けたのか、膝から力を失ったようだった。

犬伏は目の前の隊員らを押しのけ、友人のかたわらへと走り寄る。

「橋埜⁉」

どうして…、と声を上げる犬伏に、橋埜が顔を上げないまま、バイザーの陰でかすかに口許だけで笑う。

「…当たった…」

低く苦い自嘲《じちょう》に、犬伏は強く眉を寄せる。

それ以上は言いようがないのだろう。

こんな時に強がって笑うなと、胸を鷲摑《わしづか》みにされる。

「担架！」

犬伏は叫びながら、膝を突いた男のかたわらで撃たれていない右肩を抱き、その身体を支え起こした。わき腹を支えてやると、橋埜のまとうアサルトスーツは、すでに大量の血に濡れている。

ぞっとした。

橋埜を抱き起こすと、その身体は数名によって、運ばれてきた担架の上に乗せられる。

犬伏は自ら担架を持ち、即座に待機していた医療チームのもとへと運んだ。

何でもネタにしようとするマスコミから橋埜の姿を隠すため、カメラがこちらに向けられる前に、何も言わずとも二班の隊員らが壁となって動く。

医療チームが設けていた仮設テント内で、橋埜のヘルメットとフェイスマスクが外されると、失血のせいか、痛みのせいなのか、青ざめた橋埜の顔があらわになった。

まだ意識はあるものの、浅く呼吸をする橋埜の黒髪は乱れ、額に冷や汗で貼りついている。声はなかったが、相当の痛みを堪《こら》えているのはわかった。

「…これは、どうやって外すのかな…」

医師はポケットの多数ついた複雑な構造のタクティカルベストと、その下の特殊な形状の防弾ベストを外すのに手こずる。

「俺がやります！」

ヘルメットをむしり取った犬伏は、医師に代わって手早く橋埜のベストを外した。

防弾ベストを開くと、アサルトスーツの肩口から胸にかけて、すでに出血で赤黒く変色していた。

すっ…と、頭から血の気が引いてゆく。

「このベストの隙間から被弾《ひだん》したのか」

医師は呟《つぶや》きながら、手にした鋏《はさみ》でスーツの肩口を切り開く。

「出血がひどいな。これは跳弾か…」

「跳弾？」

「ああ、直接被弾じゃないね。跳ねて変形してしまった弾丸が入っているから、傷が大きいんだ」

止血作業を始めながら、医師は犬伏に傷口の説明をする。

直接狙われたならとにかく、軌道の読めない跳弾など、受ける側には防ぎようのないものだ。跳弾は弾が何かに当たって跳ねるだけでいとも簡単に起こるが、それゆえに非常にやっかいで怖ろしい。普段の射撃訓練の際には、絶対に起こさないようにと注意を払う。

変形して下手に回転のかかってしまった跳弾は、時に狂ったコマにもたとえられるほどに破壊力がある。直接被弾は運良く貫通すれば傷も小さくてすむが、跳弾の場合、下手すれば致命傷になりかねないほどのダメージを受けることがある。

「橋埜！」

まだグローブをはめたままの男の右手を握って、犬伏はその名を呼んだ。

半ば意識を失いかけていたようだった橋埜の目が、犬伏の姿を捉《とら》える。

看護師がバイタルサインを読み上げる中、医師が止血作業をしながら輸血の指示を出す。

「大至急、搬送用意！」

「搬送用意！」

医師の声に、待機していた救急隊員が応じ、ストレッチャーが運ばれてくる。

医師と救急隊員らの手によってストレッチャーに移された橋埜は、横たわったまま、血の気《け》の失《う》せた顔で視線を犬伏の方へと巡らせた。

行け…、と橋埜は指先だけで合図してみせる。

「……二班」

頼むな、と友人は唇をかすかに動かした。

「任務は完了した。お前の班は、皆無事だ。何も心配しなくていい」

犬伏の声に、根の真面目な橋埜は乱れた息の間からなおも何かを言いかけようとした。

ふっ……と、瞳の焦点が合わなくなり、力を失った虹彩が揺らぐ。

橋埜のこんなに無防備で、生気のない表情を見るのは初めてだった。

犬伏は戦慄《せんりつ》を覚えた。

よく知った男が、すぐ目の前で何かを手放そうとしていることに背筋が冷えた。

犬伏は握った手を、さらに強く握りしめる。

「撤収と報告ぐらい、全部やってやる。もう喋《しゃべ》るな」

本当に言いたいのは、もう喋るなということではない。

とても口には出来ないが、もうこれ以上、命を削ろうとするなということだった。

犬伏の言葉をかろうじて理解したのか、橋埜はわずかに頷いたあと、低く喘《あえ》ぐような息をつきながら目を閉ざした。

「下がってください！」

慌ただしい叫び声に、犬伏はもうほとんど力を残していない男の手を離した。

ストレッチャーが救急車内に運び込まれ、ぎりぎりで駆けつけてきた指揮班の武田が乗り

込む。

「病院まで同行する！」

武田の叫びに、犬伏は頷いた。

動き出した救急車に向かって隊員数名が敬礼する中、犬伏は橋埜のヘルメットを抱え、その場に立ちつくす。

救急車が派手なサイレンと共にゲートに向かって走り出すのを、犬伏はただ突っ立ったまま、見送った。

「…なぁ、橋埜」

遠くなる救急車を見ながら、犬伏は短く刈り込んだ髪をかき上げ、呻《うめ》く。

「さっき、笑ってたじゃないか…」

制圧成功の瞬間、バイザーの向こう、フェイスマスクの陰だったが、確かに橋埜が目許と口許を和《なご》ませたのを見た。

あれは撃たれたことをわかっていながら、犬伏に向かって笑ってみせていたのだと、今さらながらにわかる。

犬伏は奥歯を固く嚙みしめる。

笑わなくてよかったのに…、犬伏は橋埜のヘルメットを抱え、さらに歯を食いしばった。

撃たれた肩がさぞかし痛んでいただろうに、そんなところで無理に笑ってみせなくてもよかった。

わざわざ自分に応えるために、笑ったりしなくてよかったのに…。

あの時、どんな思いで笑っていたのか…。

痛い。

ただ、胸が締め付けられるように痛い…。

乗客らの無事解放に、緊迫していた空港内がわっと沸く気配が伝わってくる中、犬伏は橋埜のヘルメットを抱え、じっとその場に立ちつくしていた。

三章

I

——変形した弾が肩の組織を抉《えぐ》った際に、腕神経叢《わんしんけいそう》という肩から腕に繋《つな》がる神経を損傷してしまっているため、今、麻痺《まひ》が出ている状態です。回復の程度は、今後のリハビリの状況にもよりますが……——

午前の診察で受けた医師の説明を、橋埜は病室でひとり、ぼんやりと思い返していた。

予後は良好だが、左腕…、特に左手指は痺《しび》れたように感覚が戻らない。

「よーう！　何だ、個室追い出されるかもって言ってなかったか？」

いいご身分じゃないか、とデカい男が今日も陽気に部屋に入ってくる。

そこそこの広さはあるはずの病室だが、ぬっと大きな犬伏一人が入ってきただけで部屋はずいぶん小さく見えた。

ベージュの病衣をまとって窓際のベッドの上に半身を起こした橋埜は、男に笑う。

「傷が銃創《じゅうそう》なのと、ＳＡＴ隊員なのとが広まらないようにって、どうも相部屋には移されないらしい。束の間の王様気分だ」

「個室に入れるっていうなら、ＳＡＴでいるのも悪くないな。じゃあ、今のうちに楽しむか？　ほれ、山内《やまうち》からお前にって」

犬伏は紙袋を差し出す。

「何だ？」

「山内秘蔵厳選の五枚。お宝ですから、退院時には返して下さいって」

「秘蔵厳選って…、ＡＶ？」

中から出てきた『社内情事』だの、『爆乳着エロアイドル・フルスロットル』だののパッケージに、橋埜は眉を寄せる。

「他にやることないんじゃないかって、山内がえらく心配してたぞ」

「何考えてんだ、あいつは？　こんなもの渡されて、俺に病院でどうしろっていうんだ」

「なぁ？」

橋埜は枕許で犬伏が腕組みしたまま、にやにや笑うのを睨む。

「お前も止めろよ。こんなもの、看護師さんに見られたら、俺がいたたまれんわ」

「まぁ、それもアリじゃない？　お前のちょっとクールっぽいイメージが崩れて、あら、案外親しみやすいわ、橋埜さんってお茶目な人ねー、とか思われて新しい出会いになるとか」

「ならねーよ」

渡された紙袋を厳重に包み直し、橋埜は床頭台《しょうとうだい》の引き出しに突っ込む。

「じゃあ、今度は官能小説とかにしといてやるよ。そうしたら、『読書に励む、橋埜さんって知的で素敵！』ってなるかもしれないぜ？」

「そんな妙な演出しなくても、俺は黙ってりゃ、そこそこ知的に見えるんだよ」

「言うねぇ」

へーぇ、と犬伏はからかう。

「ニュースは見たか？　あの犯人」

「見た。何だ、あの東欧人騙《かた》ったっていうのは…」

突入後、一班の隊員の手によって拘束され、タラップを下りた中肉中背の男の横顔を思い出し、橋埜は眉をひそめた。

ニュースなどで公開されている無精髭の伸びた顔は、日本人から見れば東欧とも南欧ともつかない濃い顔立ちだ。カメラの前でもほくそ笑む様子は、中庸で親しみやすいようでいて、どこかが尋常ではないようにも見える。

「いや、パパは東欧系で、実際に子供の頃にエストニアにいたこともあるらしいんだよ」

「で、母親はレバノン人とフランス人のハーフだって？」

「…って、本人は仲間内には言ってたらしいけどね。なんか、虚言癖があるんじゃないかっていうぐらいに供述が二転三転して、今のところ、国籍不明、本名不明のままらしいよ。テロリスト仲間の方は政治目的で飛行機を乗っ取ったつもりだったのに、どうも『フェイカー』の本命は身代金だったみたいで。仲間が騙《だま》されたって騒いでる。今、刑事部の方もぶち切れそうになってるって。早くフランス側に押しつけ…、もとい、引き渡したいってさ」

「フランスとの間に、犯罪人引き渡し条約ってないだろう？」

日本が犯罪者の引き渡しを取り決めているのはアメリカと韓国の二ヶ国だけで、外国人犯罪者の急増している今、これが海外に逃亡した犯罪者を捕まえる障害となっている。

あ、でも…、と橋埜は考える。

「フランスって、引き渡し条約関係なしに相互主義に基づいて引き渡せるんだっけ？」

犬伏はにやにや笑う。

「それがまた、フランス側が引き渡しを求めてこないって…。捜査官がさっさと帰国しちまったんだと。最近はどこもややこしいから、移民問題とかに絡むのが面倒なんじゃない？

昨日、刑事部の方に顔を出した真田さんが聞いてきたんだわ」

「…マジか？　捕まえ損？」

だったら、自分のこの傷は何だったのかと、それ以上に背後から至近距離で撃たれた副操縦士は何だと、橋埜は負傷した左肩を押さえる。

「ちょっとは動けるようになったな。顔色もかなりよくなったしさ」

三日前のオフ日にも顔を出してくれた男は、休みごとに律儀に顔を出す。術後しばらくの、橋埜がＩＣＵに入って意識のない時から、足を運んでいたらしい。

今は仕事で来れない日には、二班の様子や全体の訓練内容などを、見かけによらないマメさで携帯メールで送ってくる。

「どうなんだ？」

「昨日から、リハビリが始まった」

橋埜が腕のあたりをとんとんと叩くと、パイプ椅子を引き寄せながら犬伏は嬉しそうな顔を見せる。

「身体鈍《からだなま》ってるんじゃないのか？」

「たいがいだな。てきめんに筋肉が落ちた」

苦笑すると、犬伏の大きな手が伸びてくる。病衣越し、わき腹に触れられると、身体が勝手に跳ねた。

「何する！」

思っていた以上に高い男の熱に、反射的にその手を払ってしまったが、犬伏はさして気を悪くした風もなく笑った。

「本当だ。ずいぶん華奢《きゃしゃ》になった感じがする」

「俺はもともと、骨格自体はお前みたいにゴツくないんだよ。毎日絞り込んでないと、あっというまに筋肉も落ちる」

「人をゴリラみたいに言うな」

何だぁ、と目を細めたあと、犬伏は橋埜の顔を覗き込んできた。

「それでも悪くないよ。お前はちゃんときっちり締めた身体してる。退院したら、すぐに戻れるだろ？」

「…戻れるかな？」

「戻るさ。戻らない気かよ？」

犬伏は、どこかが痛いような笑い方をする。

容態について聞いているかどうかは知らないが、おそらくこの男は退院後の橋埜の処遇を知っているのだと思う。

変形した跳弾による傷口が大きく、出血性ショックで死にかけたが、緊急手術そのものは成功したらしい。

ただ、午前に医師から説明を受けたとおり、上腕を動かす神経を傷つけたので、まだ麻痺が強く残っている。今後、その麻痺がリハビリによって回復するかどうかはわからないという話だった。場合によっては強く痺れが残ったり、ある一定の角度には動かせないなどという後遺症が出ることもあるらしい。

退院まであと二週間ほど、普段、鍛えているだけに回復が早いなどと医師が言っていたが、橋埜の気は重い。

跳弾だったとはいえ、班長でありながら負傷したことも、大いに失点だった。

作戦中、負傷をすぐに報告しなかったことも、マイナスと判断されるだろう。あの時、橋埜が即座に次の平野に任せなかったことは、おそらく独善的だったとされるぎりぎりのラインだ。

あの時、自分は離脱を考えなかった。しかし、何とか機内制圧まで意識があったから、それも言い訳として通るが、途中で意識を失うはめになっていれば、逆に橋埜の存在は部下の足を引っ張ることになった。

術後、意識を取り戻して以来、ずっとそれを考え続けている。

年齢的に、もうSATを外れても不思議はない歳《とし》だ。これを機に、何らかの理由をつけて外される可能性も高い。以前から覚悟はしていたが、こんな作戦中の失態を理由に外されるのは、あまりにもみっともなく不様だと思う。

よもや、自分がそんな醜態を晒《さら》すとは思っていなかった。

今は、目の前の男を直視するのも辛い。こんな失態を晒した以上、もう以前のように対等な位置にはいられないなという引け目がある。

「俺に戻る場所があればいいけどな…」

思わず苦く呟くと、何だよ、とパイプ椅子に脚を組んだ男は手を伸ばし、くしゃりと橋埜の髪をつかんだ。

「何だぁ？　湿っぽいな」

「…まぁな、俺としたことが下手打った」

つかまれた髪はそのままに、橋埜は苦く眉を寄せる。

「格好良かったぜ、最後にバッタリ。あれが映画やドラマだったら、お前、絶対美味《おい》しいところ取りだよ」

陽気に茶化す男に、橋埜もついついつり込まれて笑ってしまう。

でもさ…、と犬伏は何でもないことのように言った。

「お前に戻るところがなくなるっていうなら、俺も一緒にSATやめるわ」

あまりにさらりと言われ、橋埜は何を言われたのか理解するのに少し時間がかかった。

「何言ってるんだ、お前は？　お前はまだあと五年ぐらいはやれるから、骨身を惜しまずに働け」

「本当にお前って男は、大怪我して死にかけたっていうのに口は達者だよな」

犬伏はペチペチと橋埜の頬《ほお》を叩いた。

「お前がいなくなったら、誰が俺のサポートしてくれるんだよ」

橋埜の頬をその大きな手で包み込むように撫《な》で、犬伏は低く尋ねてくる。

「…誰でも。俺の部下は優秀だから、俺以上に上手《うま》くサポートにまわるだろうさ」

「えー？　俺、二班のリーダーはお前以外の奴は考えたこともないぜ。俺も、もうすぐ二十八だしさ。ちょうど、この間大きなひと仕事終えたあとだし、区切りもいい。後進に道を譲るっていうの？　やっぱり男は引き際が肝心だろ？」

犬伏はギッシギッシとパイプ椅子を揺らし、子供のように笑ってみせる。

自分などよりもはるかにSATに向いているくせに…、と橋埜は思った。

犬伏のリーダー的資質は稀有《けう》のものだ。その場に立っているだけで、隊員の表情が引き締まるし、犬伏がいれば絶対に大丈夫だという信頼も安心感もあることは、見ればわかる。こういった資質は、得ようと思って得られるようなものでもない。橋埜にはない資質だということも、十分すぎるほどにわかっている。

自分などのために、安易にやめるなどと言うなと苦しくなる。犬伏が自分を励まし、慰めるつもりで、お前がやめるなら俺もやめると言ってくれているのは、わかっている。

だが、犬伏は橋埜とは違って、そんな理由でリーダーを退いてはならない男だ。

なぁ、と橋埜は口を開いた。

「犬伏、こんなに始終、見舞いに来なくてもいいぞ。貴重なオフの時間だろう？」

犬伏は子供をいなすような顔で、笑ってみせた。

「別にオフったって、寮にいてゴロゴロしてるだけだしさ」

嘘つけ、と橋埜は思った。こいつは大雑把なようだが、オフ時でも走り込みやら筋トレやらをマメにやる。自分の時間を潰《つぶ》しても、部下の射撃訓練などにこまめにつきあって指導してやるような男だ。

「訓練も忙しいだろうが。非番の時も、そんなに時間があるわけじゃないし。俺がいない間、二班も見てくれてるんだろう？　馬淵さんから聞いた」

「班のひとつや二つ、多少人数増えたぐらいじゃ変わんねーよ。二班の連中はお前に似て、根が真面目だからよ。お前が帰ってきた時にどやされないようにって、すげぇ自主練してるぜ。戻ったらびっくりするぞ、お前」

とっとと治せ、治せ、などと犬伏はパイプ椅子の上で反りかえる。

「ここさ、若くて可愛い看護師さん多いよな？　身体拭《ふ》いてもらう時、緊張しない？」

「見た目可愛いけど、こなれた子が多くて、数人がかりでまるで置物のようにドライにあっけらかんと拭かれるから、色っぽくも何とも」

残念だったな、と橋埜は答える。

「まぁ、病棟内で色っぽいことされてもなぁ…。緊張して困るようなら、俺が代わりに来るよ」

「お前、ハーレムか何かと勘違いしてないか？　寮以上にストイックな生活だぞ。十時になったら消灯で、六時起床だ。しかも、飯が不味《まず》い。不味い上に、カロリー低そうだ」

「うちの寮以上に不味い？」

「寮の飯はここと比べれば、そんなに悪くないぞ。若い男がおかわりできるぐらいの味にはなってる」

「そんなにひどいのか。それは考えもんだな」

うーん…、と犬伏は真剣な様子で顎を撫でる。

「…でもさ、正直なところ、お前、一人や二人ぐらい、もう仲良くなった子いないの？」

犬伏は顔を寄せると、声を潜めて尋ねてきた。

「何だよ、普段は不真面目なつきあいするなってうるさいくせに」

「そりゃ、お前はね。ちょっと女の子に対しては誠意持ってつきあったほうがいいよ。でも、お前、モテるだろう？　ちょっかい出したなら、今後のつきあいについて色々説教しとこうと思って」

「うっとうしいよ、帰れ」

俺のことなど、放っておけと、橋埜はゲラゲラ笑う男に憎まれ口を叩く。

そして橋埜は、再度口を開いた。

「本当に…、わざわざ来なくていい…」

犬伏は少し考える様子を見せたあと、小さく手を上げた。

「また来るよ」

橋埜はその大きな背を、無言で見送った。

律儀な男は、きっと橋埜の負傷にどこかで責任を感じている。サポートに橋埜を立てたことで、橋埜が傷を負ったと考えている。これからも、退院まで足を運ぶだろう。そういう男だ。

だが…。

「いつまでも一緒にやりたかったよなぁ…」

橋埜はベッドに身を横たえ、窓の向こうのまだ夏の雲の残った青い空を仰いだ。

わずかふた月ほど前のあの訓練日が、今はただ懐かしい。

蒸し暑い山あいで、犬伏が楽しげに姿を現した様子を思い出す。

ゴリラなどと言ってみたが、もうああやって訓練中にふざけて笑うこともないのかもしれない。

そう思うと、無性に寂しい。

あと一年とないとは思っていたが、それがこんな橋埜の負傷という形でのリタイアだったとは…。

「ざまぁ、ねぇなぁ」

思っていたよりも、事態は残酷だよなぁ…、と橋埜はいつまでも夏の空を仰いでいた。


寮に戻った犬伏が自販機に硬貨を突っ込んでいると、よぉ…、と今日がオフらしい馬淵が自販機コーナーに顔を出す。

「橋埜どうだった？」

「昨日からリハビリ始まったらしいですよ」

またぁ、とひょろりと背の高い馬淵は、犬伏の横へ来てわき腹を突《つつ》く。

「ちったぁ、元気になってたかって聞いてんだよ」

「あー…、そうっすね」

何だかんだで、自分よりも目端の利く先輩の馬淵に、とぼけきれずに犬伏は答える。

「あんまり顔色は戻ってなかったですね」

病室でとっさに顔色が戻ったなと言ってみたが、本当のところは橋埜もよくわかっているだろう。

もともとすっきりした顔立ちだったが、頬のあたりの肉が落ちたせいで、男だがちょっと凄《すご》みのあるような美貌《びぼう》になっている。

「あー、やっぱりか。まぁ、出血性ショックで死ぬとこだったしな」

犬伏に次いで自販機に硬貨を入れながら、馬淵はだろうと思ったなどと言う。

「橋埜はさ、根っこ真面目だからなぁ。跳弾なんか、避けようのないものがあたっちまった自分に非はないって考えられないんだよな。絶対、一人で色々考え込んでるだろうなと思ってたんだよ」

「病院って、無駄に時間はありますしね。ＳＡＴの人間だっていうんで、個室に放り込まれて、病院スタッフにも箝口令《かんこうれい》みたいですよ。まぁ、正体ばれると逆にマズいこともあるんでしょうけど、あいつにとってはあんまりいい環境じゃない気がします。同室に口うるさくてめんどうなじいさんがいるぐらいの方が、気が紛れていいんですけどね」

「個室療養なんて、俺だったらサボれてラッキーぐらいに思うけどねぇ。ノート持ち込んで、ネット三昧《ざんまい》。インターネットの海に溺《おぼ》れちゃうよ」

ネット関連ではかなりの高スキルを持つ馬淵は、にんまり笑う。

「ほどほどに頼みますよ。最近、個人情報や捜査情報の漏洩《ろうえい》とか、色々ありますから」

「俺がそんな下手打つかよ。それに俺、オンとオフはきっちりわけるからな。仕事用のパソコンは仕事にしか使わないし」

俺をなめるなと、馬淵は自分より背の高い犬伏の頭をボカチンと殴る。

すみません、と犬伏は頭を下げた。

「しっかし、痩《や》せてもいい男になるんだから、男前は得ですよねぇ」

「でも、あいつの場合、ちょっとキツい感じになるよな。なんか近寄りがたい雰囲気になるっての。まぁ、無駄なところに男の色気みたいなの出してるけどな」

「何かね、デフォルトで眉寄せてる上に、悲壮感みたいなのが横顔とかに出てて、すっごいですよ。女だったら、絶対に惚《ほ》れますね」

すっごくかっこいいですよ、と犬伏が笑うと、買ったばかりのお茶を口に運びながら、馬淵がダメ出しをする。

「あー、でもSATの男はダメだろ。俺に娘がいたら、絶対に許さんな。ダメ、絶対にダメ。万が一でも不幸な道は歩ませたくない」

人間って勝手な生きもんだよなー、と馬淵はしみじみ呟く。

「…でも、馬淵さん、あいつはまだ死んでないですよ？」

犬伏は呟いた。

「何か、半端に怪我したことに罪悪感感じるヤツなんです、あいつは」

馬淵はしばらく黙り込んだあとに、深い溜息《ためいき》をついた。

「…こう言っちゃなんだけど、お前の同期はけっこうめんどくさいな。なんか弾当たっちゃったけど、助かっちゃった、ラッキー…って思えばいいのに。俺だったら、そう思うけどね」

しかし、そんな橋埜を悪くは思っていないようで、馬淵は目を細めた。

「橋埜がそれ言ったら、びっくりしますね、俺」

「そう？　何だ、お前ら、その友情。お互いに、よくわかり合ってるのねって感じ」

気持ち悪いわ、と馬淵は鼻で笑った。

「わかり合ってるっていうか…、あんまり当たり前のように橋埜のフォローもらえるんで、後ろ任せてるのが普通っていうか…、あいつ以外の誰かに二班任されてるのが想像つかないっていうか…」

ふん…、と馬淵は唸《うな》った。

「課長とか、どうって？」

「まだわかりません。とりあえずは橋埜の復帰待ちなんでしょうが…」

「…リハビリの結果次第？」

「そんなところだと思います」

若い優秀な隊員ばかりで固めたＳＡＴは現場第一の能力主義であって、その班長クラスともなるとけして名誉職ではない。

この間の事件はとりあえず解決したが、次にまた、いつどこでＳＡＴが投入されるような事態が起こるかは誰にもわからない。わからないがために、つねに万全の状態で隊員らは待機している。動きが万全ではない者を、いつまでもリーダー職に置いておくわけにもいかない。

それはそれで当たり前なのだ。

犬伏は自販機を背に、しばらく考える。

まるで夏の花火みたいな生き様だと、普段の橋埜ならシニカルに笑いそうだ。

パーッ…と咲いて、お前だけそのまま散ってしまうつもりじゃないだろうなという危惧《きぐ》が、この間から犬伏の中にはある。

「…なんか、花火みたいじゃありません？　あいつって？」

「花火？　橋埜が？　なんで？　花火ったら、どっちかっていうとお前だろ？　派手にドカンと」

「いや、こう…、景気よく開いて、景気よく散るあたりの潔《いさぎょ》さっていうか…」

あー…、と馬淵は頷く。

「確かに橋埜って、一か八かっていうか、オールじゃなかったらすべていらないっていうような、潔さみたいなのはあるかも。いい時はいいんだけど、そうじゃなかったらすべてぶちこわすっていうような腹のくくり方するっていうかさ…」

犬伏は手の中で硬貨を弄《もてあそ》びながら、友人の整った横顔を思った。

「俺としてはそういうの、武士の覚悟みたいな感じで何があっても崩れないから、絶対に信頼できるんですけど、あいつの場合は本気で詰め腹するようなところもあるんで…」

「まぁ、そういう怖さがあるから、突入班引っ張ってられるんじゃないの？　俺みたいな裏方には、そこまでの覚悟はねぇよ」

これだから武闘派はよー…、と馬淵は茶化す。

「俺…、あいつが戻ってくるのを待ってるんですけどね」

しみじみ呟いた犬伏を、馬淵が鼻で笑う。

「そんなこと、わかってらぁな。お前と橋埜でワンセット。少なくとも、今のＳＡＴはそれで引っ張ってきたんだからよ」

馬淵の言い分に、犬伏は病院のベッドに身を起こした男を思った。

今となっては、突入時に橋埜が被弾したことを口にできなかった理由がわかるような気がする。

班を率いているという責任感と、負傷したと言えない意地、せめて制圧の最後までやりおおせたいという意志…、そういうものが様々にせめぎ合って、橋埜の中で離脱という選択肢はなかったのだろう。

本当に普段は器用で顔も要領もいいくせに、どうしてそんなところで不器用なんだと、犬伏は最後、自分を見ようとしなかった橋埜のことを、ずっと考えていた。

II

ジーワ、ジーワと夏の終わりの蟬《せみ》が鳴いている。

一時よりは数は減ったが、よくもこんな夏の終わりぎりぎりまで鳴けるものだと、橋埜は額にうっすら浮かんだ汗を拭《ぬぐ》い、思った。

風向きのせいか、かすかに潮の香りがした。橋埜が生まれた時から、よく慣れ親しんだ香りだ。

橋埜が通った中高一貫教育の男子校はもっと浜辺近くにあったので、中高時代の部活の時は、ランニング中に必ずこの潮の香りがした。そのせいか、今も潮の匂いがすれば条件反射のようにあの頃の部活を思い出す。

中学高校、男子校なんて通うもんじゃねーよな…、と橋埜は思う。おかげで大学で共学となった時、反動で弾けて遊びまくった。

このルックスなので、別に中高時代に女の子にもてなかったわけではないが、根本的な価値観の中に異性の友達枠というものがない。女の子は皆狩る対象であって、わざわざお友達になる対象ではない。

それとも、こんな価値観のままにこの歳まで来てしまったのは、中高で男子校に行ってしまったせいではないのか、などと橋埜は暇にあかせてつまらないことをつらつら考える。

挙げ句、SATのような男ばかりの環境に再び入っているのだから、なかなか業《ごう》が深い。

犬伏などは男女の差なく、それどころか赤ん坊から年寄りまで、皆区別なく仲良くしてしまう。ああいう感覚は自分にはない。若い女性に対しては一線引くし、年配に対しても引く。もちろん、後輩に対しても一線引くのは、自分が狭量なのか。

犬伏のように、誰彼の区別なく、無条件に懐に入れて相手を手なずけてしまう方が珍しいのだろうが、結局、そういう自分もあの男の懐に入ってしまえば、すごく楽だと思ってしまう。

最終的に、あの男がどこかですべてを引き受けてくれるから…、そんな甘えと信頼があるのだろう。

橋埜は実家の庭に向かって開け放たれた広間の畳の上に仰向けに寝そべり、天井の羽目板をぼんやりと眺めた。

――退院直後、しばらくはハードな運動はできないそうなので、一週間ほど自宅で休ませて頂いてよろしいですか？

この間、病院から湯浅にかけた電話の内容を思い出す。

――無理は禁物だ。ゆっくり休め。

実際、退院直後にSATの訓練に戻るのは、逆に身体に負担をかけすぎることになるから無理だとは言われていた。

痺れがまだ左腕の先に強く残っていて、握力は以前の半分ほどもない。人差し指から薬指までは感覚も遠く、動きも鈍かった。これが麻痺なのだと、医師は言った。そのあたりは、湯浅本人も直接医師から説明を聞いていることだろう。

正直なところ、一週間の休みを終えたところで、SATに自分の居場所はあるのだろうかとも思っている。リハビリにもしばらく通い続けなければならない。その中で、今まで通りの厳しい訓練をこなしていけるかというと…、橋埜は瞑目《めいもく》する。

扇風機の風が、ぬるく昼下がりの空気をかき混ぜている。

その怠《だる》い昼下がり、ドドドドドッ…と轟《とどろ》くように響くエンジン音は、寺の裏の住宅街でよく爆音を響かせている馬鹿息子だろう。

平和じゃないか、と橋埜は切れ長の目を庭へと流す。

あのハイジャック時の突入前の緊迫感、テロリストが撃った弾が肩に当たったことなど、ここではまるで夢のようにも思える。

『ビッグ・フェイカー』などと呼ばれた男は、いまだに事件の全容を語ることもなく、留置所にいるという。

事件解決から一ヶ月、日本ではここしばらくはもうニュースネタにもなっていないが、今は捉えられたテロリスト仲間の方が自分達の崇高なはずだった政治犯解放目的を、『フェイカー』が丸潰しにしたなどと訴えているらしい。

海外では、ハイジャック仲間さえ、ペテンにかけた謎の男として扱われているという。

そんなわけのわからない男に、SAT隊員としての最後をひっかきまわされて…と、橋埜は思った。

そのうちこれが俺の日常になるのか…、橋埜は自堕落に寝そべったまま考える。

警察に入ってから、ことSATに入隊してからというもの、オフ時でも昼日中からぼんやり床に転がって天井を眺めることなどなかったから、こうして転がっていると休暇療養中であってもどこか後ろめたい。

「こんにちはーっ！」

ふいにその平和な空気を破った聞き覚えのある大声に驚き、橋埜はわずかに頭を上げた。

声のかかったのは、社務所入り口のほうだった。

橋埜はしばらく黙って、黒光りした廊下を眺める。

比較的広い寺だが、この時間、父親は法事で出向いているし、母親は自治会か何かの役員でイベントに出向いている。

開け放たれた社務所の奥にいるのは、橋埜だけだった。

「こんにちはーっ、すみませーんっ！」

いっこうにひるんだ様子もなく大声を張り上げる男に、橋埜は身を起こす。

なんで制圧班の班長ともあろう男が、こんな時間にのこのこここまでやってくるのだと、橋埜は社務所へ足を進めた。

案の定、肩からスポーツバッグを提げた大男が、Tシャツにデニムというラフな格好で立っている。

「おおっ、たのもーっ！」

犬伏は橋埜の姿を認めると、全開の笑顔で手を上げてみせた。

「…お前、何しに来た？」

橋埜は低い物騒な声を出した。

「何しに来たって、休暇とって遊びに来たんじゃないか」

お宅ほうもーん…、などと呑気《のんき》な声を上げる男に、橋埜は反射的に眉を寄せる。

「帰れ。今すぐ仕事に戻れ。班長二人も欠けてて、どうする」

「そうは言ったもんじゃないぜ。アゴに休み中頼むわって言ったら、俺の天下みたいな顔して喜んでたしさ。うちの飯田だって、次はお前だって常々言い聞かせてあるから、アゴにも負けてない…っていうか、あいつら同期か。班長になるのは飯田の方があとかもしれないけど、飯田の方が能力的には上だな」

「馬鹿が、こんな湘南くんだりまで来やがって」

東京まで戻るのにそれなりにかかるのに、と橋埜はこぼす。電車のある日中はとにかく、夜中、早朝となると、そうそう簡単には戻れない。

「何かあったら携帯に連絡入るし、夜中でも飛んで帰るつもりでバイクで来たんだから、そんな怖い顔すんな」

橋埜は腕を組んで、自分より十センチほど上背《うわぜい》のある男を睨む。

「…さっきの馬鹿みたいにデカい爆音は、お前の馬鹿ハーレーか？」

「今、馬鹿って二回も言わなかった？」

「言ったがどうした？」

「マジ、信じられないんですけど」

「頭の悪い喋り方をするな」

「どうしてお前は、そんなに言いにくいことをずけずけとあけすけに言っちゃうんだよ」

ほら、と犬伏はスポーツバッグの中から一升瓶《いっしょうびん》を取り出す。

「なぁ、お前好きなんだろ、『鍋島』」

日本酒の中でも、とりわけ好きな上になかなか手に入りにくい銘柄に、橋埜はとっさに渋い表情を崩してしまう。

「やーっと笑った」

「…病院でも笑ってたぞ」

そんなに笑っていなかっただろうかと思いながら、橋埜は手の甲で頬をこすった。

「あー、作ったみたいな笑い方してたな。でも、今のは本気の笑いだろ？　にやぁーって、クールでならした橋埜リーダーが笑ったの、見たぜ」

ほれほれ、と犬伏は一升瓶を振ってみせる。

「振るな、酒の味が悪くなったらどうする」

咎《とが》める橋埜に、犬伏は珍しく眉をひそめる。

「…お前さ、もしかしてたまに俺より頭悪くない？」

「なんだと？」

キャリアでこそないが、一応、これでも文武両道でならしたという自負のある橋埜は、ふざけるなと犬伏を上がり框《かまち》から見下ろす。

「いや、学科とかではお前のほうがはるかに成績いいことは知ってるけど。振ったぐらいで酒の味が落ちるかよ」

「いや、絶対に悪くなる。ワインなんて、通《ツウ》は買ってきたあとは一週間ぐらいは寝かせて、すぐは飲まないだろ」

「それ、すごくいいワインの話だろ。俺は、そんなビンテージなワインに縁はないからいいんだよ。いや、『鍋島』も十分に高いけど。そんな振ったぐらいで味を落とすようなお手間な銘柄じゃないと、俺は信じてる」

「信じてるって、精神論かよ」

信用ならないな、と橋埜は犬伏から一升瓶を受け取る。

「これ、どこに売ってた？」

「うん？　都内の地酒屋、何軒か電話して聞いた。蔵元小さいから、あんまり数がないんだってな」

「ああ、なかなか出まわらないから、通販で頼んだことがある」

「どれだけ好きなんだよ、呑み助め」

ウリャウリャッ、と男はやにわに腕を伸ばし、橋埜の髪をかきまわす。

ぐいと厚みのある胸許に引き寄せられ、橋埜は思わずそのシャツに手をついた。

「傷が痛む」

「あ、悪い。気をつけないとな」

ごめんな、と頭を下げる犬伏に、橋埜はいたたまれないような思いで目を伏せた。

「えーっと、バイクを門の前に置いてきちゃったんだけど、どこか置かせてもらえる？」

犬伏の愛車のハーレーを思い、橋埜は眉を寄せた。

「バイクって、あのデカいの？」

「いや、ちょっと他より容積はあるかもしれないけど、普通の大型バイクだよ」

「うるさいんだよ、二気筒で」

「俺のフォーティーエイトを悪く言うな。お前もさぁ、白バイ乗ってたんだったら、わかるだろ。大型バイクの魅力がさ」

「白バイはデカく見えても七五〇《ナナハン》。お前のは、一二〇〇だろ。しかも白バイは四気筒で、クソやかましい二気筒バイクとは違う」

あのさぁ…、と犬伏は
「お前って、何気に口悪いよね。口悪いっていうより、強烈な毒吐き？　しかも、俺専門。他のヤツには、そこまで口悪くないだろ？」

そうだっただろうかと、橋埜はいったん口をつぐむ。

「…悪かったな。甘えの裏返しだ」

「そう、甘えの…」

頷きかけた犬伏は、ええっ…、とあからさまに不審な顔となる。

「甘え？　お前が？」

えー…、とまだ納得いかなさそうな顔で、犬伏は頭をかく。

「同じ甘えるにしてもさ、もっとわかりやすい甘え方しろよ。ツンデレってヤツかぁ？」

「俺がデレたことがあったか？」

犬伏はしばらく考える。

「…ないよな。見た目よりも豪快だし、たまに面白いところもあるなって思うけど、あれはデレじゃないよな」

「残念だったな」

男の肩から、着替えなどが入っているらしいスポーツバッグを受け取ってやりながら、橋埜は社務所の奥の駐車スペースを指さした。

「正門から西へまわったら、車用の通用口があるから、そっちから入ってくれ。ここに出てくる。そこに停めておけ」

「おう、了解。ありがとよ」

表に出てゆく犬伏の広い背中を見送りながら、そうだ、甘えてるんだと橋埜は思った。

犬伏がどこまで自分を許すのか確かめたくて、いくら自分が毒を吐いても、笑って応じるその反応が心地よくて、ついつい他人にはけして吐かないような毒を吐いてしまう。いつまでも俺の勝手を許すからだ…、と橋埜は一泊の宿泊用意が入ってるらしき、犬伏の鞄《かばん》を提げたまま、目を伏せた。


「おい。お袋がこれ、寝間着にって」

息子の同僚が遊びに来てくれたと、犬伏は普段より盛りだくさんの夕飯と晩酌《ばんしゃく》とで橋埜の父親と母親の歓待を受けていた。

食後に風呂を勧められた男に、橋埜は浴衣《ゆかた》を差し出す。

「浴衣？　あー、Tシャツと半パンツを寝間着代わりにしようかと思ってたんだけど」

脱衣所前の昔ながらの黒光りする廊下で、犬伏は浴衣を受け取りながら答える。

橋埜の実家は、戦前からある古い寺だった。風呂場まわりも昔風に板張りのままになっている。

それでも住まいに無頓着《むとんちゃく》な父親のせいで、脱衣所向こうの風呂だけは、最近改装してユニットバスになっているのが、なんともしっくりこない。どうせ改装するなら、脱衣所も一式改装すればいいのに、風呂場だけが浮いていると橋埜は思っていた。

「そっちの方が楽なら、それでいいんじゃないか？」

「いや、せっかくだし、風情もあるから拝借しようかな。おまえんち、なんかこんなに由緒正しきお寺さんだって思ってなかったからさ。古い旅館みたいだな」

風通っていいよなぁ、と長い廊下を眺める犬伏に、古いだけだと橋埜は笑う。

「拝借はいいけど、少し袖《そで》や丈が短いかもよ。俺のだからさ」

「俺、旅館行くとたいがいの浴衣は小さいから、まぁ、気にならんさ」

犬伏は豪快に笑ってみせる。

「それより、お前の浴衣なんか借りちゃっていいわけ？」

「ちゃんと洗ってあるから、安心しろ」

「そういう意味じゃないけどさぁ。何か、実家での生活もストイックな男だな」

脱衣所に足を踏み入れながら、犬伏は楽しそうに言う。

「作務衣《さむえ》の方がよかったら、親父のを借りてきてやる。多分、Mサイズだろうけどな」

「Lなら、作務衣も一度は着てみたいところだけど」

「涼しくて楽らしいぜ、下手にTシャツとジーパン着てるより涼しくて動きやすいって。俺は蚊に刺されるから、ごめんだけどな。一気にオヤジ化するような気もするし」

「お前は確かに、似合いそうで似合わないかもな」

言いながら犬伏は橋埜を上から下まで、しげしげと眺める。

「出動服とか、アサルトスーツは似合うのにな。似たようなラインなのに、あんまりお前の作務衣姿はピンとこない感じ」

「お前にピンとこられてもな…、それはそれで微妙だな」

橋埜は憮然《ぶぜん》と答え、犬伏の背を押した。

「浴衣でいいなら、さっさと入れ。風呂上がりにはビールが冷えてる」

「おっ、いいねぇ。俺んちよりも、居心地いいわ」

犬伏は嬉しそうに相好を崩して見せた。


「お前も上がったのか？」

風呂上がり、母親に持たされたお盆を手に、橋埜が浴衣で客間に顔を出すと、ひとりでビールを空けていた犬伏が嬉しそうな顔を見せた。

「ああ、お袋がおかわりどうだって」

橋埜は新しい缶ビールとつまみを、お盆ごと畳の上に置く。

「暑くないか？　クーラーかけててよかったのに」

縁側のガラス戸を立ててクーラーをかけてあったのを、クーラーを切って戸を開け放ち、部屋の隅の扇風機をまわしている男に呆《あき》れながら、橋埜は犬伏のグラスに新しくビールを注いでやる。

「うーん？　なんかさ、虫の声とか聞いてたら、もったいないなと思って。ガラス戸開けてみたら、少し潮の匂いもするし」

犬伏はやはり少し短かった浴衣の袖を、逞《たくま》しい二の腕あたりまでまくり上げながら、すんと鼻を動かす。袖丈ばかりでなく、浴衣の丈そのものもやや足りないのはご愛敬《あいきょう》だ。

「海がそこそこ近いからな。風向き次第で、潮の匂いもする。夕方以降は特に」

「浜っ子か、いいな。お前、けっこう似合うよ」

湘南ボーイ、などと茶化す犬伏を、橋埜は笑いながら横目に睨んだ。

「お前の部屋に泊めてくれるのかと思った。ここはここで、えらく広くて贅沢《ぜいたく》な造りだと思うけどさ…、ここ、十六畳あるだろ。広すぎて落ち着かないよ。第一、ここ抜けても隣も広間だし、その次にも何か部屋あるし、お前の部屋どこなんだよ」

すごいな、お寺さんって…、と飾り欄間《らんま》の松の枝に鷹《たか》のとまる様子を、脚を投げ出した犬伏はしげしげと見上げる。

「客間の方が、遠慮なく寝られるだろう？　俺の部屋は別棟。別に俺の部屋は、そんなに広くないしな。風もこっちの方がよく通る」

「はぁ、広いと思ったけど別棟なんだ、母屋。こっち、離れっていうやつか？　スケールが離れってレベルじゃないですけど」

犬伏が呆れたように呟く。廊下がいくつかに折れたり、部屋を回り込んだりする複雑な構造は、やはり一度見たぐらいではわからないのだろう。

「昔っからの造りってのは、そんなもんだ。今年の夏に使わせてもらった自衛隊の木造の隊舎みたいにさ、戦前は上に積まずに横に広げるのが普通だったんだろ。なぁ、これじゃ、蚊が寄ってくるだろうに。蚊帳《かや》吊《つ》ってやろうか？」

「蚊帳あるの？」

すげぇ…、と笑う犬伏に、橋埜は床の間の横の押し入れを探る。

「うちは昔っからの寺だから、あるんだよな、これが」

ほら、と蚊帳を出すと、犬伏は嬉しそうに橋埜を手伝って、布団のまわりに蚊帳を吊った。橋埜もそれなりに身長はあるが、こういう時、長押《なげし》に余裕で手の届く男がいると楽だ。

「で、部屋の電気つけたままだといくらでも虫が入ってくるから、もうこの時間はスタンドだけにしとく」

橋埜は部屋の電気を消し、客間用に用意されている行灯《あんどん》型の照明を蚊帳の中に入れて灯《とも》す。

「おお、完璧！　風情といい、佇《たたず》まいといい、プチ旅行気分だよ。また、このコンパクトな空間が落ち着くわな。あー、魂の洗濯」

嬉々《きき》としてビール一式を蚊帳の中に持ち込む犬伏の横で、昔ながらの豚の線香立てに火をつけた蚊取線香を入れながら、橋埜は男を振り返る。

「お前の持ってきてくれた『鍋島』、出そうか？　よく冷えてる」

「うん、飲もうか」

やはりこいつは、今後の話をつけに来たんだろうなと思いながら、橋埜はワインクーラーに鍋島を瓶ごと突っ込んで運んだ。

「ワインクーラーに『鍋島』…、お前さ、たまに大胆だよね。やる時はやるっていうか…」

明かりは行灯型のライトと蚊取線香だけとなった中、浴衣姿で蚊帳の中で向かい合った男はちょっと呆れた様子で瓶を開け、新しいグラスに惜しみなく持参の酒を注いでくれる。

「退院おめでとうさん」

互いにグラスを合わせると、犬伏はニッと笑った。

「ご馳走《ちそう》になります」

よく冷えた好物の日本酒を、橋埜はくっと喉《のど》を鳴らして飲む。

ひんやりした喉ごしと共に、瑞々《みずみず》しい香気が喉を下る。

「やーっぱり美味《うま》いわ。ずっと入院中は禁酒だったし、いい酒だよなぁ」

目を細める橋埜に、犬伏は遠慮するなと、さらに注いでくれる。

そうしていくらか肴《さかな》と共につらつらと話したところで、ふと犬伏が橋埜を見た。

「お前さ…、弾が当たったのにはその場で気づいてたんだろ？」

あらためて静かに問う犬伏に、橋埜は黙って頷く。

「痛かったろうに」

男は自らが負傷したかのように、眉を寄せる。

「すぐには痛くないよ。当たったな、まずいなっていうのが先にあってさ…」

「当たり所悪かったら死んでるぞ。当たったからって離脱しないのが、お前らしいっちゃらしいけど。怖くなかったのかよ？」

「怖いっていうより…」

橋埜はグラスに口をつけながら、蚊帳越しの暗い天井を仰ぐ。

「うん、まずいな…っていうのが何より先に来たな」

それにさ、と橋埜はつけ足す。

「怖いっていうんだったらさ、白バイ乗ってた時に高速で大型トレーラーに幅寄せされた時の方が怖かったよ。あれは潰されると思ったな。マジで顔引き攣《つ》った」

「大型トレーラーに幅寄せ…、本当かよ？」

それは簡単に死ねるな、と犬伏も頷く。

「たまにだけどさ、運送会社にハードなスケジュール組まれた長距離トラックの運転手が、疲れや眠気飛ばしで何か飲んでハイになってる時あるんだよ。蛇行運転してるトレーラー止めようとしたら、気が大きくなってるんだろうな。いきなりこっちを煽《あお》りはじめてさ。本気で当てにくるんだよ。正気じゃないな、こいつって思ったよな」

「お前、よくそれで助かったね」

「先輩がスピーカーでガンガンに怒鳴って、応援のパトカー三台呼んでくれたから助かったけど…、あれが生まれてからこれまでで一番怖かったな」

ふふっ、と橋埜は髪をかき上げながら笑う。

「腕とか、膝とかにトレーラーの巻き込み防止柵がガッ、ガッ…てあたるんだよ。カウルも吹っ飛んでったし。あー、死ぬな、殺されるなって」

何だ、そりゃ、と犬伏は呆気《あっけ》にとられた顔となる。

「そりゃ、死ぬって。ミンチじゃねぇか」

「そうだろ？　たまにトラックに巻き込まれたバイクの事故とか見てるからさ、ああ、俺もああなるのか…って、親父はとにかく、母親は泣くよな、見せたくないなぁって」

「それって、ずいぶん冷静じゃないか？」

「冷静じゃないよ。ただ、自動的に頭の中で全部繋がるっていうのか、死ぬと思ったらそこまで頭の中に浮かぶっていうのか…」

「すごい、シュールな経験してるな。俺、その話初めて聞いたわ」

犬伏は空いた橋埜のグラスに酒を注いでくれながら言う。

「そうだっけ？」

「てか、お前、普段弱音吐かないだろ？　弱み見せないっていうか…」

「格好悪いからな。大型トレーラー追っかけて、逆に煽られて先輩に助けてもらってさ。ここ、腕のところは十五針くらい縫うし」

これこれ…、と橋埜は浴衣の袖をめくり、今は薄くなった腕の傷口を見せる。

「お前、その腕の傷、バイクで転倒したって…」

「嘘です。大型トレーラーに煽られて怪我したっていうぐらいなら、転んだって言います」

「言わねーよ、普通に特ネタとして喋りまくるよ」

犬伏は呆れ顔となる。

「そうか？」

「涼しい顔してるくせに、なんでそういうところでお前は、妙な見栄はるんだよ」

「見栄じゃねぇよ。意地だろ？」

男として、と言う橋埜に、犬伏は肩をすくめた。

「一緒だろ？」

橋埜が酒の入ったグラスを手に肩を揺らして笑うのに、犬伏は不思議そうに尋ねた。

「お前、実家で寝る時、いつも浴衣なの？　冬も？」

「ああ、脱ぎ着楽だし、お袋がこれしか用意してくれないし。俺のパジャマは、寮に置いてきちまってるしで、家帰ってきてから、ずっとこれ。冬は寝る前にしか風呂に入らないし、風呂出たらさっさと寝るから、通年これだな。もっとも、今じゃ、実家で寝ることなんてほとんどないしな」

橋埜は浴衣の襟《えり》を撫でてみせる。

「ふうん。でも、お前、そういうの似合うな」

「水も滴るいい男だろ？」

笑ってやると、まぁな、と犬伏も笑った。

「こう…、和風美形な男だと思うわな」

橋埜は胡座《あぐら》をかいていた片膝を立てながら苦笑した。

「お前に誉められると、腰のあたりがむずむずする」

「そうでもないぜ。お前の顔のいいのは、前から否定してねーよ？」

「何だ、気持ち悪い」

「美形な坊さんになりそうって言ってるじゃないか」

「うるさい」

入院中からずっと考え続けていたことを見透かされたような思いになって、橋埜は犬伏の胸を突いた。

「うぉっ」

やられたっ、などと子供のように大げさな声を上げながら、犬伏が敷かれた布団の上にばったりと仰向けに倒れる。

「坊主坊主ってうるさいよ」

橋埜は犬伏の胸の上に膝乗りになった。

「…ちょっと痩《や》せちまったなぁ」

男は馬乗りになられたことにも頓着せず、橋埜の顔にデカい手を伸ばしてくる。

「なんかさぁ、今みたいな少しやつれた男の色香ってのもいいんだろうけどさ、お前はもうちょっと素っ気ないような涼しい顔してる方がいいよなぁ」

まるで自分の方が痛むような顔で、犬伏はいたわるようにそっと橋埜の頬を撫でてくる。

普段はがさつなくせに、まるで壊れ物を扱うような手つきを見せる。

この男は女を抱く時にも、こんなやさしい宝物に触れるような手つきをするのかと思うと、頭の奥で何かが灼《や》きつくように思えた。

「…てめぇ、そんな真似したら、襲うぞ？」

「襲う？　俺を？」

本気だと思っていないのか、犬伏はまだ目を細めて笑っている。

もちろん、犬伏が真剣に反撃に出れば、負けるのは橋埜だというのも頭にあるのだろう。

平均以上の体格はある橋埜を上に乗せても、まったく苦しそうな様子もない。

「もういいや、これが最後だしな」

橋埜は男の喉許から鎖骨の窪《くぼ》みを撫で、そのまま浴衣の襟許を割る。

「最後？」

犬伏がここへ来てはじめて眉を寄せたのは、浴衣をはだけられたからではなく、橋埜が口にした最後という言葉のせいらしい。

「隊員に負傷者一名出すなんてヘマやらかしたしな。しかも、当の負傷者ってのが俺ときてる。左腕にもまだ麻痺が残ってる。数ヶ月リハビリ重ねたとしても、このままSAT隊員として続けられるかどうかもわからないんなら、どうせ年齢的にもSATに長く残れる歳じゃないんだ。文字通り、実家戻って坊主にでもなるかと思ってな…」

橋埜は男の顔を上から見下ろしながら、あえて開き直った笑みを作る。

「やっぱり麻痺が残ってんのか？」

橋埜の入院中にも、そして今日、うちに来てからもまったく容態について尋ねてこなかった犬伏は、これから襲われようというのに橋埜の左の手を取る。

「…聞いてたんだろ？　課長から」

橋埜は目を細め、無理に唇の端を吊り上げた。

「リハビリで少しでもましになってくれればいいと思ってたし、これからも治る余地はまだまだあるんだろ？」

安易な励ましではなく、本気でそう言っていることは、いつになく真摯《しんし》な声を聞けばわかる。

聞いてはいたが、信じなかったのかと、橋埜のために信じようとしていなかったのかと、今さらながらにこういう男だと胸が痛くなる。

「…潮時なんだと思うよ、犬伏。色々と…な？」

橋埜の言葉にも、男は表情を変えなかった。

「高梁の気持ちを知ってたと言ったよな？」

橋埜は男に取られた手をそのままに、犬伏の腹の上に馬乗りになったまま、ゆっくりと上体を倒してゆく。

「俺のはどうだった？」

「…お前？」

「ああ、何度かお前で抜かなかったって言ったら、嘘になる」

あえてあからさまに言ってやっても、犬伏は表情を変えない。驚いてはいるようだが、さほど動揺した様子もなくじっと黙って自分を見上げてくる。

こういう度量の大きな男なので、男女問わずに好まれる。高梁ばかりでなく、何度か男から言い寄られた経験はあるのかもしれない。

答えない男の唇を、橋埜はすっと指先でなぞった。

「抵抗しないなら、好きにさせてもらうけど…」

薄く笑うと、犬伏はなおも言った。

「橋埜、隊に戻れよ。お前以外の奴が二班率いるなんて、考えたこともない」

「まだ、そんなこと言ってるのか？」

橋埜はやや暗い目で男の目を上から覗き込むと、その唇を舐《な》めた。

「本当に喰《く》うぞ」

キスまでされているというのに、犬伏は何も答えず、ただじっと下から橋埜を見上げてくる。

こうなったらもういいかと、橋埜はややぞんざいな手つきで男の襟許をはだけさせた。

見事なまでに胸筋の盛り上がった厚い胸に手を這《は》わせると、大きな犬伏の手が橋埜の前髪をゆるくつかみ上げた。

乱暴な力ではないが、互いの表情が見えないほどに近づけていた顔を上向けられ、伏して隠していた表情をとっくりと下から眺め上げられる。

「これが望みか？」

望みかと言われると、もう何が望みなのかはわからなかった。

事件の前に戻りたい、ずっと以前のような関係でいたい、必要とし、必要とされる関係でいたい…、いずれも今となっては無理な望みだ。

跨《また が》った下のがっしりした身体の持つ熱に対しては、強烈な欲望もある。

橋埜は目を眇《すが》め、あえて露悪的に、挑発的に見えるよう唇を舐めて見せた。

「じゃあ」

犬伏は橋埜の顔をまっすぐに見て口を開いた。

「いいよ」

橋埜は前髪をつかまれたまま、やや首を反らせ、唇の端を歪めて笑う。

「いいよって何だ？　男相手に勃つのかよ、お前。根っからのストレートのくせに」

「試したことがないから、わからない」

橋埜にとってはある意味残酷な答えを犬伏は淡々と口にし、逆に尋ねてきた。

「お前はどうなんだよ」

「俺？　俺はもともと男子校出身だしな、多少のおいたは経験済みだって」

本当のところを言うと、男といくらか遊んだことがあるのは大学以降で、それも触りっこ程度のものだ。明確に寝たというほどの経験もないが、そんなことをいちいちご丁寧に説明する状況でもなかった。

犬伏は何とも言わないままに、しばらく黙ってつかんだ髪ごと橋埜の額のあたりをやんわりと愛撫《あいぶ》してくる。

「…じゃあ、教えてくれ」

「わかった」

橋埜は押し開いた襟許に顔を伏せ、鎖骨から胸許、厚みのある胸筋にかけて唇を這わせる。男の厚い胸をまさぐりながら見せつけるように舌先を伸ばし、ちろちろと舐めおろす様子を犬伏は黙って見ている。

「…いまいち？」

前髪越しにそんな男を見上げると、いや…、と首を横に振る。

橋埜はそのまま笑って腕をおろし、腰を犬伏の腿《もも》の上あたりにまで移動させると、するりと男の浴衣の裾《すそ》に手を忍び入れた。

下着越しにやんわりと触れると、わずかに犬伏は眉を寄せる。あえてその目を覗きこみ、ゴムの下へと手をくぐらせた橋埜は、まだ形を変えていないものをゆっくりと握りしめた。

柔らかくてもそれなりに質量のあるものを何度か撫でさすり、やがて下着をずらすと、唇を開いてぬるりとその先端を含む。

どこか生々しい、犬伏そのものの匂いがするのを、口中いっぱいに吸い込んだ。

少し容積を増したものに内心でほっとしながら、長大なものを口腔に含む。その大きさを口に呑み込むのにやや手こずったが、喉奥いっぱいまで含みきると、陶然とした思いがこみ上げてくる。

橋埜は唇全体と舌先を使って、男を丹念に舐めしゃぶりはじめた。

「橋埜、やめろ…」

犬伏はさっきまでとは異なる、喉奥で唸るような低い声で言う。

「…俺、下手じゃないと思うがな」

徐々に力を持ちつつあるものを、横から唇で舐めはさみ、わざと濡れた音を立てて舌でしごきながら答えると、犬伏はさらに唸った。

「確かに下手じゃない…、どころか…」

くそっ…、と犬伏は低く喘ぐ。

「口の中に出していい。そのためにやってるんだから」

「…お前の？」

勘弁しろよ、本当に出すぞ…、と男は橋埜の髪を握りつかむ。

ぐいと顔を上げさせられたせいで、唾液《だえき》に濡れた充溢《じゅういつ》が唇から跳ね出た。

「あ、今のけっこうキた？」

わざと目を細めると、犬伏は憮然と言う。

「俺、そんな真似したことないぞ」

こういう男だ…、と橋埜は微笑《ほほえ》む。

つきあう相手は、本当に大切にする。相手が嫌がると思えば無理強いはしないだろうし、過去つきあっていた女の子を見ても、好んでそんな慎みのない真似をするようなタイプはいなかった。

「別に遠慮することはない。案外、悪くないと思うがな」

橋埜は答え、容積を増したものを咥《くわ》え直す。手に余るほどに膨れ上がっただけに、口に含むのにさっきよりもさらに手こずった。

「ん…」

鼻を鳴らし、独特の味と匂いを味わう。他の男なら耐えられないが、犬伏のものだと思うと愛しくて仕方なかった。ごつごつしたものに懸命に舌を絡め、上下に舐めしゃぶる。

隆《りゅう》と勃ち上がったものが、口中で熱く脈打つのがわかる。呑み込みきれない唾液が指を濡らしたが、それにもかまわず舌と唇、指を懸命に使った。

「橋埜、もういい」

少し息の荒くなってきた男が、橋埜の首筋に手を掛ける。

「だから…、口に出していいって」

口中のものを愛撫しながら、橋埜は喉奥でくぐもった声で答えた。

「本当にいいから…」

ぐいと髪を引かれ、無理に引き剝《は》がされると、猛《たけ》ったものから唇からまで細く銀色に光る糸がつぅっ…と引いた。

「わかった…」

橋埜は呟き、もしものために袂《たもと》に突っ込んできたジェルを取り出す。犬伏は少し驚いたような顔を見せたが、もう何も言わなかった。

橋埜は上に乗ったまま浴衣の裾をからげ、やや腰を浮かせてそのジェルを自分の下肢の奥に塗りつける。

知識にはあっても、実際にここまでするのははじめてだった。

そのまま息を吐きながら、潤いに任せてなんとか内部に指を押し入れようとすると、違和感に全身が総毛立った。

気持ちいいとか、悪いとかの問題ではなく、生理的に拒否反応のようなものがある。

「…おい、お前…」

今まで上に跨られるままになっていた犬伏は、身を起こしかけた。それに首を横に振り、なおも息を吐きながら抉《くじ》るように指を入れようとする。

「…！」

息を吐き続ければ、何とかなると思ったが、経験がないだけにタイミングが読めない。

焦るうちに徐々に前屈《まえかが》みになっていた身体を、脇の下から逞しい上腕でぐいと支えられる。

「…はっ」

何とか犬伏の厚みのある胸に手をつき、密着を防ごうとしたが、強い力にはかなわなかった。

「それ、無茶だろう？」

犬伏は橋埜のうっすら脂汗の浮いたこめかみのあたりに口づけ、低く喘ぐように呟く。

「うるさ…」

首を横に振りかけると、男はパンと軽く橋埜の臀部《でんぶ》をたたいた。

「お前、息がすごく浅くなってるじゃないか。こういうのは共同作業だからな？」

呼吸の浅さを見抜かれるなど、相当に余裕がなかったらしい。色気も何もあったものではないが、子供をいなすようなやさしい言い方に気が抜けると同時に、泣きたいような気分になる。

虚勢を張ったのを、どこまで見透かされているのだろう。

男はさっき橋埜が出したままになっていたジェルのチューブを手に取ると、橋埜の上体を抱き寄せたまま、脚の間に手をすべらせてくる。

内腿からやんわりと撫でるようにされ、橋埜は目を閉じた。さっきとは違って、濡れて温かな大きな手に撫で上げられると、やはり心地いい。

「お前さ、本当は経験ないんだろ？」

尋ねてくる声に、橋埜はもう応えなかった。

何と思われてもいいと、犬伏に任せてその首に両腕をまわすと、薄く開いた唇にそっと口づけられる。忍び入ってくる舌先を、軽く甘噛みした。

内腿から臀部まで、そんなにヌルヌルにしてどうするのだというぐらいにジェルをまぶされた後、さらに男は手にジェルを取る。

ゆっくりと割れ目にそって手を上下され、窄《すぼ》まった箇所を含めて何度も撫でられるのに、橋埜は伏し目がちに犬伏の目を覗き込んだ。犬伏の目が探るように自分を見ている。

また軽く煽るように唇をあわせられ、今度は男の首に腕をまわしたまま、自分から舌先を忍び入れた。

「んっ…」

その瞬間、ヌルッと指を押し入れられ、橋埜は目を見開く。

「待てっ…」

「痛いか？」

どこか色っぽいような声で尋ねられ、思わず首を横に振ってしまう。

「息吐いててくれ、そう、俺が支えてるから」

胸のあたりを抱えた男に続けて低くささやかれ、橋埜は目を閉ざして何度も頷く。

ゆるやかに息を吐きながら目をつぶっていると、大量のジェルの潤いを借りて、入り口近い部分を浅く出入りする指の感触をはっきりと感じる。無理を強いられていないせいか、思ったよりも違和感がない。

「…ん…」

生々しい感触に、向かい合った犬伏の首筋あたりに額を押しつけると、何度もなだめるように浴衣のずり落ちたうなじから背筋までを大きな手で撫でられた。

「狭くて温かいな、お前」

広げりゃ問題だろうと思ったが、少しずつ息をこぼす唇から憎まれ口は出なかった。

徐々に奥深くを探りつつある指に、意識のかなりの部分が持っていかれる。

「…は…、…っ!」

ヌラつきと共に差し入れられた指で内部をゆるやかにかきまわすようにされると、腰に甘く重い快感が走る。

「はっ…! ぁ…っ」

神経を撫で上げられるような重い衝撃に腰が勝手に浮くのを、強い力で押し戻される。

「…ちょっ、やめてくれっ」

上擦った声が洩《も》れる。

腰の奥部に生まれた快感が強烈すぎて逃げたいのに、男の指を呑み込んだ腰は勝手に振れた。

「…ぁあ…」

いつのまにかはだけた襟許から、鎖骨、胸許と歯を立てられる。

「ふぁ…っ」

ぬるっと乳暈《にゅううん》ごと大きな口許に含まれ、濡れた声が洩れる。

「わ…っ」

何をするんだと犬伏の肩を押しやろうとしたところで、薄く笑われた。

「乗っかってきたくせに、色気ないなぁ」

「俺はいい、俺はいいから…、…っ！」

暴れかけたところを内部に含まされた指を動かされ、橋埜は歯を食いしばった。

「動かすなっ…、っ！」

一度気持ちいいと感じてしまうと、勝手に身体が快感だと判断するらしい。濡れた音と共に体内でゆるやかに動く指に翻弄《ほんろう》される。

「…っ、…——っ」

橋埜は奥歯を噛みしめ、喉を反らせた無防備な姿勢で、しばらく犬伏の首に縋《すが》って快感を追う。浴衣の前がほとんどはだけてしまったのにも、意識が追いつかない。

「俺、お前はここも悪くないと思う」

橋埜の内部を揃えた指先でぬらぬらと蹂躙《じゅうりん》しながら、犬伏は再度橋埜の胸許に唇を寄せる。

尖《とが》っていた乳頭を軽く甘嚙みされ、思わず声が洩れた。

「ふ…っ…」

なんてことはないはずの場所なのに、なぜか今は含まれた部分から痺れるような快感が走る。

「あっ…、あっ、あっ」

濡れた声を洩らしてしまうと、もう止めようがなかった。次から次へと、喉の奥から甘い声が洩れてしまう。

舌先で乳頭を舐められ、くすぐるように転がされると夢中になる。内部で蠢く指がいつのまにか二本に増やされていたが、圧迫感よりも快感の方が圧倒的に勝る。

「はっ、これっ…」

がっしりした男の首に縋り、橋埜は夢中で未知の快感を追う。

「あっ、そこっ…っ！」

「…前立腺《ぜんりつせん》ってすげーな。本当に電流走ったみたいになるんだ」

橋埜が腰を突っ張らせる箇所を的確に捉えた男は、やんわりと確実に内壁を責め立ててくる。途中、唇の端で固く尖った乳頭を甘噛みされ、橋埜はその快感の強烈さに目許を隠し、喉から迸《ほとばし》りそうになる濡れた悲鳴を殺す。

「…う…ーっ、…これ以上動かす…な、犬伏のくせにっ」

「ひでぇなぁ」

なんて言いざまだと男は笑う。

「お前っ、俺より遊んでないだろっ」

一方的に翻弄される悔しさ紛れに歯噛みすると、うーん…と犬伏は唸る。

「そりゃあ、相手の数はお前の方が多いだろうけどさ…、俺だってHは嫌いじゃないしさ、相手と一緒に気持ちよくなりたいんだよ」

いかにも犬伏らしい言い分だった。

「痛くないか？」

内奥を責め立てられて喘ぐ橋埜に、犬伏はこの上なく優しい声で尋ねかけてくる。

「痛くはない…、…っ」

ゆるやかに内部を長い指でかきまわされ、抽挿にあわせて自ら腰を使いながら答える。

「じゃあ…」

ぬうっとさらに指が押し入ってくる。ジェルと共に濡れた粘膜を押し広げられる卑猥《ひわい》な音に、耳を覆いたくなる。

「くぅ…」

あまりの圧迫感と痺れるような強烈な快感に、橋埜は一瞬言葉を失う。腰が勝手にがくがくと震える。

犬伏が橋埜の呼吸を見ているのがわかる。すでにガチガチになったものにやんわりと指を絡められ、橋埜は何度も腰を突っ張らせた。

「待てっ…、待てってて…」

前後を責められる痺れるような快感に達してしまいそうになり、橋埜は何とか犬伏の手を押しとどめる。

「…入れよう…」

な…、と上目遣いに犬伏を見ると、いいよと笑う。

橋埜は自分の中を深く穿《うが》っている男の指に手をかけ、腰を浮かせてそろそろと抜く。

「…ん…っ」

これがけっこうな苦行で、長くしっかりとした指が抜け出るのと共に、自分の中をトロリと熱く濡れ溶けたジェルの感触が伝ってゆく感触に、思わず濡れた声が洩れる。

「お前の声、ちょっとクるな…」

そんな声出すなんて反則だろうと犬伏がぼそりと呟くのを、橋埜はやや涙目になった目で睨んだ。

「…うるさい」

低く言い返し、橋埜はぐずぐずにはだけた浴衣の袖からゴムを取り出す。

「お前、どんだけ色々仕込んでるんだよ」

怖い男だな、とさすがに犬伏も呆れたように呟く。

「お前が勝手に喰われに飛び込んできたんだろ。俺は別に来いなんて言ってない」

本当は心にもない憎まれ口をたたき、橋埜は薄いコンドームのパッケージを口にくわえた。

「…萎《な》えないな」

包装を口に咥えて破りながら、やたらとデカくて手に余るほどの犬伏のものを握りしめて笑うと、男も低く笑いを洩らす。

「そりゃあさ、この状況も悪くねぇなって思っちまってるから…」

男の言い分に、橋埜はすぐそばでその瞳の奥を覗きこみながら、胸が痛むような思いにな る。口許に笑いを残したままで、橋埜は手早く犬伏自身にゴムをつけた。

できるだけ犬伏の気を削がないよう、橋埜は低く息を吐きながら、十分に濡れほぐされた 場所に男を導こうとする。

「…っ」

蕩《とろ》けた箇所に先端をあてがい、橋埜は犬伏の首に片腕をまわして腰を沈めようとする。

しかし、どうにも角度が定まらず、橋埜は不安定な姿勢で焦った。

「…くそっ」

「そりゃ、お前、経験なけりゃ、のっけから上に乗っかって入るわけないんだよ」

犬伏は経験のない後輩に銃の扱いを教えるように言い、橋埜の足首をぐいとつかんで自分 の方に強く引き寄せた。

「何するっ⁉」

「いいから、任せろよ。多分、俺がリードとった方が、うまくいくって」

「…っ！」

な？…、と男は言い、なおもつかんだ橋埜の足首を引いて馬乗りの姿勢を崩し、逆に肩を押さえ込んで体勢を入れ替えてくる。

「おまっ…」

足首を握られ、のしかかられるように上から押さえ込まれた橋埜は、焦って暴れようとする。

「無ー理、無理って。俺、寝技は得意だし？」

「品のないことを言うなっ」

足首を強く外側に開かれながら犬伏の分厚い肩を殴ると、男は嬉しそうに笑った。

「あ、やーっぱ、それぐらいじゃないと橋埜じゃねーわ」

「うるさいっ、俺だろうと俺じゃなかろうと、そんなこと関係あるかっ」

今さらの照れもあって、放せなどと暴れていると、ふいに犬伏が本気の顔となる。

「いいから…」

「あっ…、おま…っ」

息を呑んだ瞬間、長大なものがぐうっと中に押し入ってくる。

「…っ、馬鹿っ…」

橋埜が大きく目を見開いている間に、犬伏はつかんだ橋埜の腰を何度か前後させ、同時に自分も深く腰を進めてくる。そのあまりの圧迫感に橋埜は喉許を反らせて喘いだが、たっぷりと濡らされ、丹念にほぐされていた粘膜は、半ばまでその威容を呑み込む。

「…はっ…」

唇を噛み、何だかんだで、こいつは感覚的にものごとを捉える術《すべ》に長けているのだと、橋埜はその逞しい腰を太腿の間に押し進められながら思った。

「…苦しいか？」

「苦しいっていうより、デカ過ぎんだよ、馬鹿…」

内部に押し入ってくるあまりの質量に、目尻に涙が浮かぶ。

「…壊れないか、お前」

胸許から腹部にかけ、やんわりとなだめるように撫でながら、男は尋ねてくる。

「ん…っ、だったら…これ以上、入って来んな」

反射的に逃れようとするのを強い力で引き寄せられ、橋埜は眉を寄せた。

「無理。だって、すごく狭くてさ…」

犬伏は荒い息の間から笑った。

「気持ちいいから、お前の中」

男がさらに奥へと身を進めると、チュプッとまた濡れ溶けたジェルが、接合部からはしたなくあふれ出るのがわかる。

「はっ…、また…っ…、ぁ…」

橋埜は大きく脚を開かされたまま、目を覆う。上気した、とんでもなく欲情した顔をしていることがわかる。

「なぁ、顔見せろよ」

見せたくないと思った顔を見せろと、男は強いてくる。

「うるさいっ！　…ぁっ！　…あっ！」

声を上げた瞬間、さらに奥へとズルリと入り込まれる。

「入るな…ぁ…っ」

思わず顔を覆っていた手を額に押しあて、異様な感触に泣き声を上げてしまう。

「無理ってか、お前が勝手に奥に…っ」

すっかり剝《む》き出しとなった橋埜の太腿を深く抱え込み、犬伏も息をつめた。

「…っ、…はっ」

小さく息を吐いた橋埜は、犬伏が呻いた意味がわかった。

犬伏を呑み込んだ箇所が時折、奥へと誘い込むような蠢動《ぜんどう》をする。チュプッと濡れた音を立て、男を大きく咥え込んだ箇所が蠢き、その度に少しずつ犬伏の威容がぬるりと中へ沈む。

「…凄いな」

どこかうっとりしたような声で犬伏は呟き、深く息をついた。

「…っ…、ん…っ」

仰のけられたまま、何度か息をついていると、徐々に沈みはじめた男がやがて完全に自分の中に入り込んでくるのがわかる。

「…入った」

微笑まれると、何度か頷くしかなかった。

「ん…」

自分の下腹に沈んだ質量にはまだ馴れないが、何度か息を整えていると、じわじわとさっきの心地よさが腰を這いのぼってくる。

橋埜の髪を愛しげに撫でながら、犬伏は低く呟いた。

「制圧班だけが、ＳＡＴじゃない、橋埜」

わかっている、わかってはいるが…、と橋埜は上擦った声を呑む。

多分、自分の中でどこかに救いを得たいという気持ちがあるのだ。

「名前、呼べよ」

俺の名前…、と橋埜は言った。

「…祐海《ひろみ》」

「…ん…」

名前を呼ばれた瞬間、自分の中が嬉しそうに収縮するのがわかる。それに息をつめた犬伏は、やがてゆっくりと腰を使いはじめた。

「あ…、は…っ」

重いが無理のないストロークに、橋埜もわずかずつ腰を揺らして応えはじめる。奥部を穿たれるたび、過剰なまでに濡れた音が響くのを、懸命に聞かない振りをした。

「犬伏…」

呟くと、強い力で抱き寄せられる。そうすると、腰の奥に甘く痺れるような重い快感が生まれた。穿たれることによって一度生まれた快感は、次から次へと橋埜を呑み込んでゆく。

「あっ…、あっ…」

みっともないほどに濡れた声をこぼしながら、鈍く霞《かす》んだ頭の奥で、この男には何度も救われてるなと思う。

「祐海…」

自分の中で動きながら、犬伏が低く名前を呼ぶ。胸許に触れられると、シーツの上で勝手に身体がゾクリと跳ねた。

「ぁ…は、…あっ、あぁ…」

中から溶け出したジェルが内腿ばかりでなく、尻の狭間《はざま》を伝い、下敷きになった浴衣までをべっとりと濡らしているのがわかる。

親指の腹で固く屹立《きつりつ》した乳首をこねるようにされると、甲高い悲鳴が洩れる。

「あっ、あっ…」

耳を覆いたくなるような濡れた声に、犬伏がどこか獰猛《どうもう》な顔で目を細める。内部を突かれるたびに、内側が強く収縮するのがわかる。

「も…、触る…な」

「怖いからか？」

尋ねられ、何度も頷いた。

「…飛びそうで」

怖いと手を伸ばすと、大きな手が捕まえるようにぎゅっと指先を捉え、握りしめてくれた。

そのまま犬伏が上体を倒してくる。完全に征服しようというつもりなのだと、その肩に手をつこうとしたが、ほとんど力が入らなかった。

強い力で腰を捉えられ、すでに濡れそぼった箇所をえぐるように突かれると、頭の奥が真っ白になってゆく。

「はっ…、あっ…、あ…っ！　もっと…ゆっくり…」

味わったことのない感覚に、舌先が丸まり、声が切れ切れになる。

「あっ…、中にあたって…」

自分でも意味のわからない言葉をふりこぼし、橋埜は広げられた内腿を何度も細かく痙攣《けいれん》させた。

「ダメだっ、…何か…」

来る…っ…と喘ぐと同時に、橋埜は大きく背筋を震わせていた。

その瞬間、下肢が白く弾ける。

「…ぁ…あ…」

もう何が何かもわからず、橋埜は波のようにうねる強烈な快感に引きしまった腹部を大きく上下させ、呻く。

撃たれた時にすらこぼれなかった涙が勝手に目尻からあふれ、橋埜は羞恥《しゅうち》に思わず目許を覆った。

「祐海…」

犬伏がその手を握り、目尻から鼻筋、唇へと何度も口づけてくる。

そのキスから逃れようと首を横に振ると、強い力で唇を合わされた。

「ん…」

白く汚れた下腹を気にかけた様子もなく、ぴったりと下肢をあわせた男はなおも強い力で、橋埜の内奥をえぐってくる。

「あ…、ん…」

唇を貪《むさぼ》られるままに、橋埜は目を閉ざした。

もう、なるようになればいいのだと思う。

これで終わりにするから…、橋埜は自分を組み敷く男のためにさらに大きく下肢を開きながら喘いだ。

何度も体奥を揺さぶられていると、弾けたものが再び頭をもたげ出す。

「…あ…、ぁ…」

それに気づいたのか、犬伏は橋埜のものへと手を伸ばしてきた。大きな手につかまれ、弱い箇所を突かれると同時に、何度も濡れそぼったものをしごかれる。

「…あ…、また…」

呟いた顎を強い力でつかまれ、再び深く唇を合わされる。

ぼうっと快感に霞む頭で、こんな貪り方をするのだと思った。貪り喰われる…、まさにそんな求め方だった。

「ん…っ、ふ…っ!」

深く舌を絡めた喉の奥で、甘ったるい声が洩れる。それに煽られたように、犬伏は強く腰をストロークさせた。

「祐海…、祐海…」

何かを錯覚させるような声で、低く何度も名前を呼ばれる。

「頼む…、イッてくれ…、キツいから…」

細い声で喘ぐと、より深く抱きしめられる。

「…っ！　…あ…っ」

立て続けに最奥を穿たれると、再び腰の奥が強く痙攣した。

「あっ……ッ！」

「……っ……！」

橋埜の身体を抱き寄せた男が、低い喘ぎと共に何度も胴震いする。

体奥深くで、男が爆《は》ぜたのを意識すると、橋埜自身、再び犬伏の手を白く汚していた。

III

橋埜が休み明けに出庁した日の朝、十人用会議室へと場所を移して差し出した辞表の表に、机に座った課長の湯浅はしばらく黙って目を落とす。

あまりに湯浅が黙っているので、前に立っている橋埜の方が気まずくなってくるほどの長い時間だった。

「リハビリの方はどうだ？　麻痺は少しでもましになってるのか？」

唐突に湯浅が尋ねた。

「続けてはいますが、あいかわらず人差し指から薬指までの感覚は十分に戻っているとは言えません。動きも鈍いです。握力も戻っていません」

「そうか」

湯浅は表情ひとつ動かさず、頷いた。

「まだまだこれからだな」

何がどうとも取りようのない言葉に、本当にこういうところは喰わせものな人だと思いながら、橋埜ははいと頷く。

「じゃあ、しばらくこれは俺が預かっておく」

湯浅はスーツの胸ポケットに、橋埜が持参した辞表をしまってしまう。

「いえ、課長、それは…」

立ち上がる湯浅に、橋埜は慌てた。いつまで預かるとも言われないままに、湯浅に握られているとどうにも困る。

「とっとと着替えて、訓練に向かえ。お前の班の連中は、今のところ犬伏の預かりになってるが、ずーっとお前のことを待ってたんだからな」

ふん、と湯浅は口許で小さく笑うと、どうしようもないと橋埜を見上げてくる。

「頭の悪い犬みたいな連中だなぁ。犬伏に従っていても、根っこのところでお前の方を向いてる」

「いや、犬伏で十分にやれると思いますが…。始末つけるにはちょうど今回でいい区切りでもありますし、その辞表を…」

受理して欲しいと言いかけたところを、鋭い目で遮られる。

「早く行け！　一週間も休暇取った挙げ句に、休み明けののっけから遅れるつもりか、お前はっ！」

「申し訳ありませんっ！」

自分より小柄な相手に一喝され、やむなく橋埜は頭を下げて会議室を出た。

本来なら、このまま訓練前に人事に話を通してもらおうと思っていたのに、湯浅がその気を見せないために、話が止まる。

どうする、このまま湯浅が辞表を握ったままとなるのか…、と橋埜は思った。

そもそも湯浅に受理する気はあるのか、あんな予想外の反応ではそれすらわからない。

勝手に湯浅の頭越しに、ＳＡＴを組織下に置く警備部長に話をつけるわけにもいかない。

第一、警備部長ともなれば、いちいち一職員の出処進退など取り合わないだろう。湯浅にはこれまでの恩もある、あまり勝手な真似をして恥をかかせるわけにもいかない。

橋埜は眉を寄せながらロッカーに向かい、紺のスーツをいつもの濃紺の出動服に着替える。

「ああっ、橋埜さん！　おはようございます！」

着替えの途中でロッカールームに入ってきた二班の班員が、橋埜の姿に嬉しそうな声を上げた。

「出てきて下さって嬉しいです！」

うわーっ…、と歓声を上げて飛びついてくる後輩を、橋埜は驚いて抱きとめる。

「痛《い》てっ、痛いわ、アホゥ！」

抱きとめた衝撃で攣れて痛みの走った、まだ皮膚の薄い傷口に声を上げると、後輩は半泣きの顔を見せた。

「すみませんっ、すみませんっ、でもっ、嬉しいですっ！」

「あっ、橋埜さんッ！　元気で…っ」

その後から飛びついてきたのは、また別の若い部下だった。次いで入ってきた男も、うわっと子供のように飛びついてくる。

「戻って下さって嬉しいです！」

「俺達、病院に行きたくて…！」

「わかった。わかったから、離せ」

あとから飛びついてきた後輩など、何が感極まったのか、ゴツい身体で抱きついたまま、橋埜さん、橋埜さんとおいおいと泣き出す。

「泣くな、ボケ。死んどらんわ！　おい、犬伏っ！　何とかしろっ！」

橋埜は、着替えに入ってきて、自分が数人のメンバーにもみくちゃにされるのをニヤニヤ見ていたスーツ姿のデカい男にむかってわめく。

あんな真似をしたあとにはきっと顔を合わせづらいと思っていたが、こんなに後輩らに抱きつかれ、もみくちゃにされている途中ではそれも吹っ飛ぶ。

「お前ら、橋埜は病み上がり…じゃないか、まだ本調子じゃないから離れろ」

ほれ、ほれ…、と体格のいい男は、後輩らの間に割って入って、暑苦しい連中を引き剝がしてくれる。

はいはい、どうどう落ち着け、と興奮気味の後輩らをなだめたあと、犬伏はさっさと着替えてこいとそれを散らした。

「お前もナマってるよな。前なら、これぐらい一気に蹴倒せてただろうが」

襟許のネクタイを抜きながら犬伏は笑った。

あの朝から、橋埜がメールも電話も無視したことについては、何も言わない。

「状況が違う、状況が。一ヶ月も現場離れてたら、ナマってるのも本当だ」

無造作にスーツを脱いでいく男から、むぅ…と目を逸《そ》らしながら、橋埜は呟く。

「…俺、こんなに愛されてたっけね？」

「けっこう愛されてたと思うぞ。病院への見舞いやメールが絶対禁止にされてたから、よけいにお前の顔見たら嬉しくてたまらなくなったんじゃないの」

「禁止？」

「そう、禁止。ガタイのいいゴツい男が何人も出入りしてたら、目立つだろ。だから、俺が代表して花やら何やら、色々持っていったじゃないか。メールもさ、回復期に目を使うと視力が落ちるから絶対に厳禁だって、真田さんと武田さんから禁止されてたんだよな。俺はお目こぼししてもらってたけどさ」

「…お目こぼしだったのか、あれ」

そのわりにはマメなメールだったと、橋埜は呆れる。

「メール見て視力落ちるってさ…、ＡＶ貸してくれなかったっけ？」

「シモは元気なんじゃないかって、馬淵さんの配慮でな。山内が供出を命じられてた」

「…そう」

まぁ、おかげさまで元気だったわけだが…とは、さすがにこの男の前では言えずに胸の奥で呟くにとどめる。

「今日、顔見せてくれてよかったよ」

Ｔシャツ姿で出動服に腕を通しながら、な…、と目を細める男から、橋埜は目を逸らす。

実家まで様子を見に来てくれたこの男に、強引に乗りかかるように関係したのは金曜の夜。

土曜の昼過ぎ、何度も月曜日には顔を出せと念を押し、犬伏は寮へと帰っていった。

翌日の朝、濡れた色を湿っぽく引きずることを嫌ったのは、橋埜の方だった。犬伏は何か言いかけていたが、それを無視して努めてドライに振る舞ったのは橋埜だ。

同情で男を抱ける人間だとは思っていなかったが、こっちが迫ったから応じたのだという負い目はある。

「…先に行く」

ストレッチからはじめるからと、橋埜は素っ気ない顔でロッカールームを出た。

IV

あいつ、ものの見事なまでに逃げ回りやがって…と、犬伏は広い訓練場でオフィスビル内を制圧するという設定のもと、三班と連携訓練を行っているアサルト・スーツの橋埜の姿を二階の回廊から見下ろす。

橋埜が復帰してから三日目、一日目はリハビリだと病院に行ってしまい、昨日は体調が優れないなどと言って、部屋に鍵をかけて閉じこもってしまった。ドアを蹴破ってやろうかと思わないでもなかったが、本当に具合が悪いならあまりに無体かと遠慮したのがまずかった。

朝は朝で、朝食も取らずに登庁してしまうので、食堂でも顔を合わせない。

基本、橋埜は何かから逃げるということなど似合わない男だと思っていたが、警察官になった理由が坊主になるのが嫌だからというのを思い出してみれば、全力かつ、全速力で逃げる時には本気で遠ざかる気だということもわかる。

話をしようにも、どうにも話にならない状況だった。

「橋埜どうだ？」

犬伏に気づき、指揮所から出てきた真田が声をかけてくる。

「左腕はまだ十分に使えないようですが、動きはかなり戻ってますね。三日目にしては、悪くないと思います。持久力の方は一ヶ月も入院してただけに、さすがに厳しいみたいですけど、それもすぐに戻ると思います」

「ふぅん…」

元SAT隊員で、今は指揮班にいる真田は、手すりに手をかけて橋埜の指揮下で突入してゆく隊員らの動きをしばらく眺める。

「確かに鈍ってはいないな」

いいじゃねぇか、と真田は呟く。

そこへちょうど、武田に呼ばれたらしき西本《にしもと》が上がってくる。

真田はおい、と声をかけた。

「おい、西本。橋埜どうだ？　一緒にやってて」

「あー…、そうっすね」

西本は気まずそうに顎下を撫でた。

「動きはあいかわらずですけど、どこかダルそうっていうのか…」

「ダルい？」

いくら西本でも、橋埜の件で妙なことを言いやがったら、ここから蹴り落とすとのっそり身を起こした犬伏に、いえ…、と西本は口ごもった。

「やることはやるんですけど、どこか機嫌悪いっていうのか…、いや、何ていうのかな…、すみません、うまく言えないんですけど投げやりっぽいっていうか…」

「おい、こら、アゴ」

低く凄みを利かせた声で西本の襟許を引きつかむと、西本は必死な様子で首を横に振った。

「いや、すみません、悪く言うつもりは全然ないですっ！　俺、橋埜さんは尊敬してますからっ」

俺は尊敬してないのか、この野郎と思ったが、実際に西本に悪口を言おうというつもりはないらしい。

「でも、いつもクールに仕切ってた橋埜さんがテンション低いっていうのは、別の意味でかなり怖いです」

「なぁ、クールとテンション低いっていうのは違うのか？　違うっけか？」

真田が微妙に首を捻《ひね》るのに、犬伏は西本の襟許を離した。

「あいつはクールに見えても、中身はかなり熱いですよ。冷めてるような顔して、裏ではいっつも本気みたいな」

「…まぁ、確かにそうだな」

真田は少し考え、肩をすくめる。

「…あの、怖くないですか？　気はここにないのに、何か機嫌悪いって」

ゴツい身体して、何言ってやがると犬伏は西本を横目に見る。

「気はここにないわりには、いい動きしてるんだけどな…」

うーん…、と真田はしばらく柵の上から橋埜の動きを見る。

「お前らの中で一番繊細にできてるのも、橋埜だからなぁ。しょうがないか」

あまりな言いようでも、一理あるので仕方ないと、犬伏は同じように橋埜を見下ろす。

――甘えてるんだよ、お前に…。

実家に訪ねていった時、答えた橋埜の様子を思い出す。

あまりにこれまで当然すぎて、格別に意識したこともなかったが、橋埜の存在に甘えていたのは自分も同じではないだろうか。

いつも一緒にいるのが当然で、横からサポートしてもらうのが当たり前になっていて、疑問を感じたこともなかった。

橋埜が自分と距離を置こうとすることなど考えたこともなかったから、橋埜が入院していた時以上に、今の関係は辛い。

男を抱けるのかと橋埜は嗤《わら》ったが、実際に抱いて平気どころか、かなり夢中になってしまったのだから、あの男相手なら十分に抱けるのだろう。

しかも、橋埜自身、経験があるような振りをして、実際のところは後ろなど使ったこともなかったではないか。犬伏が本気で押さえかかった時には、とっさに本気で抵抗していたのもわかっていた。

そして、最後には橋埜が一方的に快感を追おうとした犬伏を許したこともわかった。

あのプライドの高い男が、最後、それさえ捨てて犬伏を受け入れようとしたことがわかったから…、それを思うだけであの素直でない男が愛しくてどうしようもなくなる。

「…俺、けっこう橋埜に怒鳴られるのは、嫌いじゃないんですよね」

犬伏がぼそりと洩らすと、真田と西本が心底不可解なものを見るような目を向けてくる。

「橋埜さんは、怒るとマジで怖い人ですよ。…犬伏さん、Mなんですか？」

眉尻を下げて本気で怯《おび》えたように尋ねてくる西本に、犬伏はむっと眉を寄せる。

「なんで俺がMなんだよ？」

「…橋埜を怒らせて平気なのって、お前ぐらいのもんだよな」

さすがの真田も、呆れ顔を見せた。

「でも、あいつ、真田さん相手には声を荒げることもないでしょう？　橋埜は、上は絶対に立てる男だし」

ねぇ？…と尋ねると、真田は背中で柵にもたれる。

「…っていうか、橋埜はそもそもそんなに怒鳴るようなタイプじゃないんだよ。犬伏ぐらいのもんだよ、普段からあいつにガンガン怒鳴られてるのって。訓練中も、橋埜はひと声かけてピシッと空気締めるタイプだろうが」

「そうですっけ？　でも、あいつは本気で怒った時って、怒鳴りもしないですよ？　部屋に籠《こ》もってひとりで写経するんですよ。超怖いっすよ？　怒鳴ってるのなんて、挨拶みたいなものでしょ？」

真田は低く深い溜息をついた。

「…写経って、お前、橋埜をそこまで怒らせたのか？」

「いや、前にSAT《うち》にいた後藤《ごとう》が…」

「あ、俺の同期の…？」

西本が声を上げる。

「おう、お前の前任の三班のリーダー。ヘマして、二班の村田《むらた》殺しかけただろ？　その後にすぐに異動になった…」

実質のところは、リーダーたる素質がないと判断されての異動だった。

実弾を使った合同突入演習の時、西本の同期だった男がメンバー配置位置を間違えて、橋埜の部下をもう少しで殺してしまうところだった。

幸いにして、実弾は防弾ベストをかすめただけだったが、怒った橋埜が演習後に三班班長に殴りかかろうとしたのを止められた後、なんとか憤りを収めるためなのか、寮に戻って部屋でただ黙々と写経をしていた。

「もう、背中が凍るようでね。部屋なんか、ブリザード吹いてるんじゃないかっていうぐらい、寒かったです。お経なんて持ってたんだ、お前…、とも言えない雰囲気でね。あの時思ったんですよ、こいつを本気で怒らせるのだけはやめようって」

真田は西本と目を合わせると、ぽんぽんと犬伏の肩を叩いた。

「その時まで気づいてなかったのが、お前の偉大なところだ、犬伏。その図太さが、俺は本気でうらやましいよ」


演習を終えて、指揮班の赤城《あかぎ》に今日の演習のおおまかな感想と報告に行った橋埜は、今日も犬伏に出会わないうちにと、足早に警視庁術科センターを出る。

交差点を二つほど越えたところで、背後から爆音がした後、大型のハーレーが交差点を横切るようにして橋埜の前につけた。

スーツ姿でハーレーに跨った大柄な男は、ヘルメットのバイザーを上げる。

「今日もリハビリか？」

犬伏だった。

「ああ、急ぐから悪いけど…」

「送ってやるから、乗れよ」

ぐいと腕をつかまれ、胸許にヘルメットを押しつけられる。

リハビリの予定など入っていないが、とりあえず病院前まで送らせて逃げるかと、橋埜はやむなく犬伏の後ろに跨った。

しかし、犬伏のバイクは病院とはまったく関係のない汐留方面へと走ってゆく。

どこへ行くつもりだと、交差点で止まった時に何度か叫んでみたが、エンジンの爆音がうるさすぎてまったく通じない。大きな背中を叩いてみても、犬伏はわずかに振り向いて何かを言っただけで、それも聞き取れなかった。

そうこうしているうちに、ハーレーはそれなりに名の通った都内の一流ホテルの正面玄関に乗り付けられた。

「おい、お前、さっき、リハビリかって俺に聞いただろう？」

ようやくやかましいエンジンを切った男の背中を、橋埜は右腕でどかりと突いた。

「すみません、駐車場にバイクまわしといて下さい」

橋埜の抗議などものともせず、犬伏は寄ってきたドアマンにバイクの鍵とヘルメットを手渡す。

やむなく橋埜もヘルメットを取りながら、バイクを降りた。

「お前、こんなところに連れてきて、何のつもりだよ？」

「おう、ここのロビーなら普通に話ぐらいできるだろ？」

「はぁ？　話があるなら、寮で…」

言いかけた橋埜は、寮内では自分が犬伏を避けてまわっていたことを思い出す。避けてまわったから、話とやらをするためにこんなところへ連れてこられたのだろう。

「コーヒーぐらい奢《おご》ってやるから」

利き腕の二の腕をつかまれ、強い力で正面玄関をくぐらされ、ロビーにあるオープンスペースのティールームへと強引に連れていかれた。

席についてニ人分のコーヒーを頼んだ男は、ちょっとトイレ、などと言って席を立つ。やむなく橋埜は、とりあえずコーヒーぐらいは飲むかと、クッションのいいソファに深く腰かけ直した。

寮の部屋ならとにかく、こんな人目につく場所では、さすがにこの間の関係についても込みいった話はできないだろうと思った。

しばらくしてコーヒーが運ばれてきた頃、戻ってきた犬伏が橋埜の腕を捉えた。

「ちょっと上に行くぞ」

「上？　コーヒー、来たばかりだぞ？」

何を言っているのかと、橋埜は腕を取られたままで男を見上げる。

「コーヒーはいい。部屋取ったから」

「部屋だぁ？　何考えてるんだ、お前？」

「いいから、来い」

どう見てもガタイのいいスーツ姿の犬伏が、橋埜の腕をぐいぐいと引いてエレベーターホールに向かうのを、フロントスタッフが何事かと身を乗り出して見ている。

こんな場所で騒ぎを起こして、変に顔を覚えられては困ると、橋埜はとりあえずは犬伏に従ってエレベーターホールに向かった。

「…何もこんなかしこまったホテルで、部屋取らなくったって…」

「一度、きっちり話しときたいんだよ」

優雅で静かなホールで、犬伏は六基並んだエレベーターをざっと眺めた後、上の階行きのボタンを押す。

その隙を見て、橋埜はとっさに走り出した。

「お前っ！」

間髪を容《い》れずに気づいた男は、すぐに後を追ってくる。

そこそこ脚には自信があったが、橋埜はまだ本調子ではない上に麻痺の残る左腕を庇《かば》いながら走ってしまうので、広いロビーの半ばで追いつかれてしまった。

ホテル客やドアスタッフらが驚いたように振り返る中、何を思ったか、犬伏は橋埜の腕をつかみ、ぐいぐいとフロントに向かう。

フロントでは体格のいい男同士の争いに何事かと思ったらしく、スタッフがカウンター向こうで通報のためか、まずは内線でどこかに知らせるのか、すでに電話に手をかけていた。

「警視庁警部補の犬伏です」

犬伏はスーツの胸ポケットから警察手帳を取りだし、記章と証票を提示する。

「部屋で重要参考人に話を聞くので、今ご覧になった件は内密に願います。ホテルスタッフの方にも、この旨、お伝え下さい」

利き腕を後ろ手にねじ上げられた橋埜は、何を言ってるんだ、こいつは…と男を睨んだが、警察手帳を見た若いフロントスタッフは、承知しましたと心得顔で頷く。

「お前、今のは職権濫用。不当な拘束と拉致監禁になるぞ」

大股で再度エレベーターホールへと向かわされながら、橋埜は早口に言い捨てる。

「じゃあ、そう言って逃げろよ。今なら、助けてもらえるぞ」

普段は鷹揚《おうよう》な男に低く押し殺した声で言い切られ、橋埜は押し黙った。

痛みはなかったが、逆手に持たれ拘束されていた利き腕を、橋埜は乗り込んだエレベーターの中で邪険に振り払う。精一杯の虚勢だったか、ゴツい男はそんな抵抗を屁とも思っていないような顔で腕を組み、エレベーターの壁にもたれる。

到着階の手前で再び犬伏がのっそりと腕を伸ばしてくるのを、橋埜は手を上げて遮った。

「わかった、もう逃げないから」

それを信用したのか、してないのかはわからないが、犬伏は橋埜の右肩を押し、部屋へと向かった。

部屋の鍵を開ける時だけ、男は橋埜の右の二の腕あたりをやんわりと捕まえて部屋の中に押し込むようにする。

だが、バイクに乗せられた時も、下で逃げたのを捉えられた時も、橋埜はいずれも犬伏が怪我を負った左肩から腕にかけては触れてこないことに気づいていた。

「何だ、この部屋。たかが話するのに、無駄にいい部屋取りやがって…」

三十五階とえらく高層階まで上がったことはわかっていたが、レインボーブリッジから台場までの東京湾の夕景を眼下に一望できるラグジュアリーな空間の気恥ずかしさに、橋埜は部屋の入り口近くの壁に貼りついたまま、毒づく。

しかも、オシャレなのだか、デザインなのだかは知らないが、浴室が完全ガラス張りになっていて丸見えの、とてつもなく恥ずかしい構造の部屋だ。シンプルな陶器の浴槽の白さや高価そうなアメニティが、目を逸らしていても無駄に存在感を放っている。

橋埜の声を無視して、犬伏は濃紺のスーツの上着を脱ぎ、窓際に置かれたリラクシングソファにぱさっと掛けている。

「コーヒー飲みそびれたな」

夕日に空と海が美しいピンク色に染まるのを見下ろし、犬伏は橋埜を振り返った。

「運ばれてきたところで、お前が引っ張り出したからだろ？」

腕組みをしてむっつりと言い返すと、犬伏は笑ってドリンクバーのところまで戻ってきた。

「…代わりって言っちゃなんだが、ビールでも飲む？」

しばらく電気ポットやお茶などを物色した後、湯を沸かすのがめんどくさいとでも思ったのか、男が冷蔵庫を開けて尋ねるのに、もうビールでもいいかと頷く。

ん…、と犬伏は取り出したビールを持ってくると、目の前でタブを引き、差し出してくれる。

「サンキュ…」

受け取ろうと手を出しかけたところに、開けたばかりの缶をまともに腰のあたりにぶっかけられた。

「うわっ！　何するっ⁉」

「あー、ごめんな？」

ネクタイの先から、シャツの腹部、スラックスと一気にビールをかぶった橋埜に、犬伏はかけたばかりのビール缶を手に、さほど悪びれた様子もなく謝ってくる。

「ふざけんなっ！　わざとやっただろう、お前っ！」

ぼたぼたとまだ先から雫《しずく》の滴るネクタイをつまみ上げ、橋埜はわめいた。

「手がすべっちまったんだよ。クリーニング頼むから、それ脱いで」

犬伏は例のこっぱずかしいようなガラス張りのバスルームから、タオルを手に戻ってくる。

「…おっまえ…、やっていいことと悪いことの区別ぐらいつかないのかよ」

笑っているのに、どこか腹の奥で何を考えているのか悟らせない男を、逃げ回った引け目もあって、橋埜はさほどなじれない。

半ば諦《あきら》め混じりに、橋埜は濡れたネクタイを抜いた。

橋埜の濡れたシャツからスラックスにかけてをタオルで拭きながら、犬伏は低く尋ねてきた。

「なぁ、何で今さらになって、俺から逃げるんだよ？」

「…逃げてない」

タオル越しの大きな手の熱を意識すると、この間、この手に散々に身体を撫でまわされた時の記憶が蘇《よみがえ》り、答える声も低く喘ぐようなものとなるのがみっともない。

「今日、リハビリがあるなんて、つまらない嘘つきやがって。いつまでそうして、俺から逃げまわるつもりだよ？」

答えずにいると、犬伏はさらにバスルームからワッフル生地のバスローブを取ってきて、橋埜の肩に着せかけてくる。

橋埜はそんな男の目から身体を隠すように、壁の方を向いて濡れたシャツとスラックス、アンダーシャツ代わりに着ていたTシャツを脱いだ。

それ以上、橋埜を追い詰める気はないのか、犬伏は冷蔵庫からさらにもう一本、ビールを取り出してサイドテーブルに置き、自分は部屋の真ん中に戻って、さっき橋埜にかけて中身の減ったビールを呷る。

振り返ると手招きされて、橋埜はやむなく男の前へ行き、差し出された新しいビールを手に取った。

「…この間のは、俺が悪かった…」

橋埜の言葉に、突っ立ったままビールを呷っていた男は、無言で横目に見てくる。

「ちょっと、ああいう態度に出たのは、悪かったと思ってる…」

「俺は喰われ損か？　乗っかってきたお前は、いっさい責任とらないわけかよ？」

これは以前、馬淵の命令でキスをした時のあとに、責任を取るの、取らないのと言ったことを蒸し返されているのだろうかと、橋埜は上目遣いに男を見る。

「喰われ損っていうか…、お前のは半分以上、俺に対する同情だったんだろ？　こう、破れかぶれで乗っかられてさ…」

苦し紛れの言い訳を、犬伏は短く遮る。

「さすがに俺も、同情じゃチンコ勃たないですけど」

「その下品なもの言いをやめろ」

「じゃあ、なんて言えばいいんだよ？　欲情しないって？　結局は一緒だろ？」

橋埜は腕組みしたまま、目の前の男から目を逸らす。不覚にも、耳のあたりが羞恥に赤くなるのがわかる。

「…あれは、俺の絶妙な舌使いのせいで、お前もちょっと勘違いしただけだろ？」

ふん、と犬伏は鼻を鳴らした。

「お前のあれは雰囲気フェラでさ、わざと音立てたりして、確かにいやらしかったはいやらしかったけど、舌使いそのものはちょいぎこちなかったぞ。こう、咥えたりする時にさぁ、一瞬、どうやって奥まで入れればいいんだって迷ってたろ？」

「だから、その下品な表現をやめろと言っている！　だいたい、おっ勃てといて、その言い種はなんだ？　お前が馬鹿みたいにデカいもの持ってるから、奥まで入んないんだろ？　まともに咥えたら、顎が外れそうになるんだよっ！」

　わーお、と犬伏は外国人のように大げさな仕種で肩をすくめてみせる。

「俺、お前がそこまであからさまにもの言うの、初めて聞いたかも」

　確かに言われるままにムキになって言い返してしまったと、橋埜は低く溜息をつく。

「俺は警察辞めて、お前の言うように坊主になって実家継ぐから、もう妙なこと言うな。この間のことも、犬に嚙まれたと思って忘れてくれ」

「あー、ダメダメ。お前が坊主になっていいのは、俺が死んだ時だけだから」

　残念ー…、などと犬伏は橋埜の両腕をつかんでくる。

「何言ってやがる、俺はもうそういうつもりはないんだよっ」

　とっさに膝を横に曲げ上げ、橋埜は膝頭で男の接近を防ぐ。

「お前ねー、そんな素直じゃないことばっかり言うお口は塞《ふさ》いじゃうよ」

「何を…っ」

片膝で男を防ごうとしたのがバランスを崩したらしく、逆にのしかかられるようにして橋埜は後ろのベッドの上に押し倒される。

「わっ…！　んっ…」

噛みつくようなキスを施され、暴れようとした身体を上から両腕を押さえ込むようにして、舌の侵入を許してしまう。

「…ん」

何だかんだと言っても、好きな相手だった。口中を厚みのある舌先でまさぐられると、ふっと身体も意識もゆるむ。

「…責任取れよ、祐海」

キスの合間にささやかれ、橋埜は喉の奥で呻いた。

「お前にそういうつもりはないから、俺がいいなって思ってるのは、もうどうでもいいのか？」

「そんなつもりは…っ」

がっしりした腕に抱き込まれ、キスを施されるうち、橋埜は夢中で舌を絡め、それに応えてしまう。

腕を伸ばし、懸命にがっしりした男の首をかき抱き、その背を抱いた。

「お前、男に興味ないくせに…」

「あー、お前以外はね。でも、お前は身体も込みで俺のそばに置いときたいよ。チューだけで、こんなになっちまうからさ」

太腿にすでに昂《たかぶ》りかけているものをスラックス越しに押しあてられ、橋埜は焦った。

「それは身体に流されてるだけじゃないのか？　もっと、よく考えろ。交際っていうのはだな、安易に身体に流されるんじゃなくて…」

「何を、俺みたいなこと言ってんの？」

面白いな、などと笑いながら、犬伏は橋埜のローブの裾をめくりあげ、日に灼けていない太腿を晒す。

「そりゃ、俺はこんな性格だから、あんまり自分から押せ押せで行く方じゃないけどさ、一度いいなって思った相手は、すごい大切にするぞ」

な…、などと顔を覗き込んで笑われると、惚れた弱みで言葉を失ってしまう。

「これまで通り、俺のそばにいてくれよ。人をその気にさせといて、勝手に逃げんなよ」

ささやき混じりにキスをされると、もういいのだろうかと目を伏せてしまう。

うっとりと舌を絡める濃厚なキスの合間に目を閉じると、温かく大きな手が腿の内側をゆっくりと撫でさすってくる。

「…あ…」

「お前、けっこう腿の内側、弱いよな。知ってた？」

「…るさい…」

喘ぐ間に、犬伏の手が嬉しそうに下着を引き下ろす。待っていたように跳ね出てしまったものを、男は満足げに握り、撫でさすった。

「俺が男が駄目っていうならさ…」

犬伏はいつものように、やんちゃに笑ってみせた。

「確かめてみないか？」

「…確かめる？」

胡乱《うろん》な顔となった橋埜の前でいったん身体を起こし、犬伏はローブの裾はまくり上げたままで、橋埜の両脚をぴったりと閉じさせる。

そして、サイドテーブルに置いてあった缶ビールを手に取った。

タブを引くので、それを飲むのかと思ったところを、やにわに股間《こかん》にビールを注がれる。

「うわっ！　…何するっ！」

「おっ、こぼれるって」

冷たさと驚きのあまり飛び上がりかけたところを、膝ごと上から押さえこまれた。

「冷たい…」

冷たさばかりでなく、発泡するビールの細かな感触が内腿にさわさわと触れる感触が何とも心もとなくて、抗議の声もつい小さくなる。

「ああ、すぐ飲んでやるから、しばらくぴったり脚合わせといて」

内腿に唇を寄せられると、思わず背筋が震える。音を立ててビールを吸われると、脚の間にたまっていた液体がじわじわと際どい箇所をかすめて、少しずつ男の口中に消える。

「…ふ…ぁ…」

その快感ともつかない濡れた感触に、思わず声が洩れる。

さほどの量でもないはずなのに、こぼさないようにと犬伏が慎重に吸っているせいか、すべてが飲み干されるまでにずいぶん時間がかかった気がした。

「知らない？　ワカメ酒って」

最後にジュッ…と音を立てて、橋埜の下萌《も》え近くの箇所を吸われ、橋埜は低く喘いだ。

「知ってるっ、知ってるけど…、これは女相手にするもんだろ…」

その下品さをなじる前に、とんでもない感覚に自分の中心があからさまなまでに反応していることが恥ずかしくて、橋埜は唇を震わせた。

「別に男がやってもいいと思うけど。前から思ってたけど、お前、脚まっすぐだよなぁ」

美脚、美脚…、と犬伏は満足げに膝から内腿にかけてを撫でる。

「ひ…っ」

濡れた箇所をするりと撫で上げられると、際どい声が洩れる。

「嘘、反応よすぎて、たまんないんですけど」

もう一回、と犬伏はさっきよりも少なめのビールを、再度、橋埜の脚の間に注ぐ。

「…あ」

冷たい…、と呟く声は、甘えているようにしか聞こえなかった。

みっともない、と橋埜は興奮に紅潮した顔を隠す。

今度は一気に吸って終わらせるつもりはないらしく、犬伏は橋埜のものにほとんど鼻先がすれそうな距離で、やんわりとビールを舐めとってゆく。

「…は…」

この心もとないもどかしいような感触は何だと、厚みのある濡れた舌先で少しずつ太腿を舐め上げられる橋埜は喘ぐ。脚の間に溜まった液体に、濡れた茂みがじんわり揺れる感覚ももどかしい。

「ぁ…ん」

自分でもどこから出てくるのかと思うような鼻にかかった声を洩らし、橋埜は自分の脚の間に顔を伏せる男の短い髪を握りつかんだ。

「お前、これよかったんだ？」

犬伏は満足げに、昂りきって臍《へそ》につきそうな程になってしまった橋埜のものをゆるく指の輪の間でこする。橋埜自身にはビールをかけられていないのに、それとは別のぬらつく雫に濡れてしまっているのがわかる。

　男はチュッ、と軽く音を立てて、橋埜の先端にキスをしてくれる。

「…は」

　熱く濡れた口中にゆっくりと含まれ、橋埜は喘ぐように息をついた。

　大きな口中にねっとり含まれると、思わず声が洩れる。熱く濡れていて、奥へと吸い込まれそうだった。橋埜自身も小さくはない方だが、もともとがっしりした男の顎では、すべて咥え込むのも苦ではないらしい。

　そのまま、絡めるように厚みのある舌先に包まれ、しゃぶるようにしごかれる。

「…っ」

　あまりの心地よさに喉を鳴らしたのがわかったのか、橋埜を咥え込んだ男が喉奥で笑うのがわかる。その振動が、また気持ちいい。

「…ぁ、…あったかいな…」

　気持ちいいと目を細めると、犬伏はためらいもなく口腔全体を使って橋埜を扱《しご》き上げてくる。

「…は…、あ…」

　橋埜は男の髪に指を絡め、自らも節操なく下肢を揺らした。

「そのままイクか？」

口腔から外し、側面を舐め咥えながら、犬伏は低く尋ねてくる。

「…ん…、まだ…」

首を横に振ると、またすっぽりと大きな口中に含まれる。

「…くっ…」

息をつめ、橋埜は歯を食いしばる。シーツの上を自分の髪がパサリと跳ねる音が生々しい。

犬伏は橋埜を口中で煩悶《はんもん》させながら、自らのネクタイをむしり取ると、シャツも器用に脱ぎ捨てた。

剝き出しの分厚い肩に片脚を担ぎ上げられ、濡れた脚の間をさらに大きく晒される。ビールと男の唾液に濡れそぼった脚の内側が、今はとてつもなく恥ずかしい。

男はためらいもなく、橋埜の濡れた下萌えを鼻先でかき分け、柔らかな袋からその下まで、丹念に舐めおろしてゆく。

「…は…、お前…、そんな…」

どこまでする気だと喘ぐと、厚ぼったい舌先は、この間散々に中へと押し入り、蹂躙した粘膜まで辿《たど》り着いた。

「…あ…、ん」

やわらかく入り口を突かれ、甘ったるい声が洩れる。

かすかにプラスチック音がした後、濡れた温かな感触がたっぷりと入り口にまぶされた。

「…ぁ…」

何回か入り口をジェルと共にぐるぐると掻《か》くようにされると、期待からか勝手に入り口がヒクつくのが自分でもわかる。

「…ん」

ヌルリと舌先で舐め上げられて反射的に入り口が窄んだ後、力の抜けた瞬間を見計らってヌッと男の太い指も内側に押し入れられた。

「あっ…、ぁ…」

ヌルヌルと内側をかきまわされる感触の甘さを覚えた身体が、勝手に男の侵入を許す。

「…あっ、…そん…な」

温かなジェルの潤いを借りて、徐々に我が物顔に出入りし出す指に、橋埜は煩悶しながらも焦った。

「う…、ぁ…」

それでも内側の気持ちいい箇所を撫でられると、勝手に腰が振れ出す。

「お前、こっちの方は覚えてるって…、気持ちいいって…」

犬伏は身を起こし、橋埜の耳許にささやきこんでくる。

「恥ずかしいこと、言う…な」

悔し紛れに覆い被《かぶ》さった男の肩を殴ったが、その間も、下肢は勝手に内奥をかきまわす男の指に応じ、くねるように振れてしまう。

「そう、ここ…」

橋埜の身体を深く抱き込み、犬伏は内奥をぐるりと撫で上げる。

「…ひっ…！」

ビクビクッと腰が震えるのが、止められなかった。

「あ…」

中からずるりと指が引き抜かれるのを、とっさに涙目で見上げてしまう。

犬伏は獣めいた笑いを見せ、下肢をくつろげると昂ったものを、濡れ溶けた箇所に押しあててくる。

「祐海、入れてくれ、な？」

下肢を広げられ、ぐいと先端を蕩けた箇所に押し入れられる。

「お前ん中に…」

ささやかれると、たまらなかった。先に身体の方が反応して、ぐうっと押し入ってくる猛猛しい充溢を迎え入れてしまう。

「犬伏…っ」

悔しくて、愛しくて、その厚みのある肩に思わず爪《つめ》を立てた。

「…はっ」

潤ったとろみと共に、長大なものが中にずっしりと沈み込んでくる。

「俺、和樹《かずき》っていうんだけど…」

「…知ってる」

それくらい…、という憎まれ口は、喉の奥にかき消える。

「呼ばねぇの？」

「…くっ…」

何度かのストロークと共に、最奥部を突かれ、橋埜は喘いだ。

「和樹…っ」

犬伏がゆっくりと腰を使いながら、喉奥で笑う。

「ああ、やっぱり悪くないや、お前…」

「…っ！　…っ」

ずっしりと重いストロークのたびに、腰が底から跳ねるような強烈な快感が生まれる。

たまらず胸許を掻くようにすると、指先が硬く反りかえった乳頭を引っかけた。

「…ん」

橋埜は息をつめ、乳頭を自分でつまむように揉《も》む。

「…あ」

腰に甘くジンとした快感が走って、声が洩れた。

「何だ、それ、お前、いやらしいな」

犬伏が笑い、もう片方の乳首をつまみ上げてくる。

「…ぁっ…、あっ…」

たまらない快感に、橋埜はがっしりした男の腰に脚を絡め、締め付ける。

「ちょっ…、中がうねるんですけど…」

深く腰を使いながら、男は笑った。

「和樹…、和樹…」

「すっげ、キツ…」

荒い息をつきながら、犬伏は橋埜の腰をつかんでくる。

「あっ…、あっ…」

揺さぶるような荒々しい動きに翻弄され、快感で頭が痺れてくる。

「ちょっ、…祐海」

男の首をかき抱き、橋埜は歯を食いしばり、泣き声を上げた。

「あっ…、和樹…、イってくれ」

懸命に男を締め上げ、もう許してくれとすすり泣く。

「出していい？」

跡がつくほどに強い力で腰をつかまれ、低く聞かれた。

「あ、中に…っ」

夢中で頷くと、唇を押し合わされる。

舌を搦《から》め捕られ、その瞬間にふっと意識が飛んだ。

「んふっ…」

逞しい腕にとらわれ、体奥深くに熱く迸るものを感じながら、橋埜は何度も細かく身体を痙攣させた。

「祐海…」

自分の身体を固く抱《いだ》き、低く喘ぐように名を呼ぶ男の声を、橋埜は朦朧とした意識の中で聞いた。

V

翌日、湯浅に朝から会議室に呼び出され、橋埜はいよいよあの退職願の受理の可否についての話かと、やや緊張しながら部屋のドアをノックした。

「入れ」

短い返答に、ドアを開けて一礼すると、見慣れたデカい男がすでに湯浅の前に休めの姿勢で立っている。

何事かと思いながら、橋埜は犬伏と肩を並べ、上司の前に立った。

「今日、お前達二人に功労賞が出る旨の正式通達があった」

「…功労賞…ですか？」

思わぬ話に、橋埜は尋ね返してしまう。

警察功労章は、抜群の功績があったと認められる警察官に対して、警察庁長官自ら授与される、警察内では警察勲功章《くんこう》に次ぐ最高峰の表彰だった。

そして警察庁長官は、警視総監よりもさらに上、警察庁最高位の役職となる。普段は年頭視閲式や観閲式にも出てこない程の重鎮なので、正直なところ、橋埜らのような一般の警察官は顔も知らない制服組トップだった。

「そうだ。事件の無事解決を評して、隊そのものも表彰を受けるが、お前達二人には功労賞が出る」

これはまた話が大きくなってきたと、橋埜はいったん唇を引き結んだ後、口を開いた。

「…あの、わたくし、実家の父親に家業を継ぐとうっかり言ってしまったのですが…」

「それがどうした？」

湯浅のシンプルな言葉は、逆に容赦がない。

あんた、俺の出した辞表はどうしたんだと思ったのがわかったのか、湯浅は斜めに橋埜を見上げてくる。

「じゃあ、俺がお前の家に出向いて、家業の話もわかりますが、大事な息子さんをお国のためにぜひひとも役立てていただきたいとでも頼むか？」

冗談とも思えないような顔で、座った湯浅に見上げられ、いえ…、と橋埜は口ごもる。

「そこまでしていただくわけには…」

「じゃあ、お前で親父さんに話をつけろ。表彰は午後一番で、講堂に警察庁長官、並びに総監自ら出向いて来られるから、そのつもりでいておけ。長官直々《じきじき》に表彰されたのに、すぐに辞めるような真似して、俺の顔を潰すようなことはしないでくれ」

「…いえ、それは…」

じろりと下から睨みつけられ、橋埜は申し訳ありませんと頭を下げた。

「じゃあ、この前の辞表は不要ということで、俺の方で破棄しておくから」

話は終わりだと、湯浅は立ち上がる。

どうにもこのまま、しばらくは橋埜はＳＡＴに強制的に置いておかれるらしい。

「そうだ、この間の犯人な…」

ドアに手をかけ、湯浅は振り返った。

「ようやくＩＣＰＯから、これが該当者ではないかという返答が返ってきたそうだ。どうも政治犯じゃなく、あちこちを転々としてはつまらん詐欺を繰り返してきた男らしい。こそ泥レベルっていうか、これまでたいした額を取ったわけでもないから、リストにかからなかったんだな。まぁ、口のうまさを活かして、これまでもヨーロッパのあちこちで小さな詐欺を繰り返しては、街から街へと逃げてたっていう話だ。あまりにちんけな詐欺師だって、刑事部の方が呆れてた」

「…詐欺？」

橋埜は犬伏と顔を見合わせる。

「そんな男が、何でハイジャックなんか？」

「どうも最初は独立運動やってる過激派組織に潜り込んで、うまく連中を口先で抱き込み、その資金をかすめとろうとしたのかな。それが途中で組織の女に惚れてしまって、女にいいところを見せようと、自分なら捕まった仲間を釈放させられる、ついでにハイジャックで巨額の資金も得られる…などと欲を出したみたいだな。終わったら、結婚の約束まであったらしい。本人じゃなくて、つかまったハイジャック仲間の話を総合すると…」

「…非常に迷惑な話なんですが」

そのせいで死にかけた橋埜は呟く。

詐欺師の気持ちなどはわからないが、女に入れ揚げて飛行機をハイジャックするような馬鹿に振り回され、自分が隣に立つ男の前で散々にみっともない醜態を晒したのかと思うと、今すぐに留置所に行って、男の頭を銃床で殴ってやりたいような気持ちになる。

それとも結果的に、あの迷惑きわまりないペテン師が自分の恋を後押しした形になるのだろうか…。

いや、絶対にそんなわけはない…、と橋埜は思い直す。

「迷惑きわまりないんですが…」

「まぁ、無事に事件が解決してよかった」

湯浅はドアを開ける。

「それでは講堂に午後一番。長官と総監がそろっていらっしゃるから、絶対に遅れるなよ」

橋埜は再び、隣の男と顔を見合わせる。

犬伏はにんまり笑った。

「愛してるぜ、祐海。これからもよろしくな」

「…ふざけるな」

ゴツい男のわき腹にどすりと肘《ひじ》を入れ、橋埜は足早に部屋を出た。

END

邪《よこしま》に膝を抱《いだ》け

I

「なぁ、東京湾の夜景を見下ろす部屋で、こうして二人でしっぽり風呂でシャンパンを酌み交わすなんて、甘い運命を感じませんか？」

「…黙れ、たわけ」

本当に素直でない男は、浴槽で犬伏に握らされた華奢なフルートグラスを片手に、まだうっすら頬を紅潮させたままでそっぽ向く。

シンプルな曲線美を持つ真っ白な陶器の浴槽に、甘めのシトラスの香りを持つ肌理細かな泡がいっぱいに満ちている。

体格のいい男二人が入るにはけして広いとはいえないその泡の中で、二人はシャンパングラスを手に向かい合っていた。

犬伏があえて照明を落とした部屋の向こうには、乱れたベッド越し、大きな窓一面に美しい東京湾の夜景が一望できる。

バスタブの縁《ふち》にぐったりと力なく背中と腕とを預けた橋埜の目許のあたりは、まだ少しぼうっと涙で滲んだようにピンク色に染まっている。

それなりにつきあいは長いと思っていたが、犬伏が目にするのは初めての表情だった。

たまに色気のある男だと思ったことはあるが、あれはもっと男性的な色香だ。ここまでぞくりとくるような、無防備で色めいた表情を持っているとは思っていなかった。

「たわけってさ…、言う？　愛しのダーリンに向かって、ちょっとそれは酷すぎない？」

事後、橋埜が境目のガラスにブラインドをおろして立てこもった浴室に、あとからルームサービスのシャンパンを口実に、半ば強引に押し入った犬伏は笑った。

「…何が、ダーリンだ。こんなこっ恥ずかしい演出、今日日、ハネムーンの時でもないわ。よくこんなベタなことばっかり、思いつくな」

「『ベイ・ビュールーム』だぜ、ベイベー。スイート取ってやれなくて、ごめんな。お前をここに連れ込める確率は、五分五分ぐらいかなって思ったからさ」

「…逃げると思ってたのか？」

「実際、逃げたじゃないかよ。何だよ、あれ？　最後のエレベーターホールからのダッシュ。あれ、本気だっただろ？」

「…俺にも色々事情があるんだ」

橋埜は浴槽に犬伏が入り込んで以来、ずっとこちらとは目を合わせないままにぼそりと言い返す。

そもそも、こんな切れの悪い橋埜そのものが、普段は見ることができない。

それより…、と浴槽の縁に片腕を引っかけた橋埜は、あいかわらずそっぽを向いて口を開いた。

「それより、あんなところで警察手帳見せて大丈夫なのかよ。どうするんだ、この部屋。何で話聞くのに、風呂使ってあったり、ベッド使ってあったりするんだよ」

「…えーと、身体に聞いた？」

「死ね」

橋埜ははじめてまともに犬伏を見たかと思うと、脚で顔のあたりを狙って蹴りを入れてくる。

「あっぶねぇなぁ」

犬伏は笑いながら、伸びてきたくるぶしをつかみ、まっすぐな形のいい脚を捉える。

「いちいち、誰が部屋をどんな使い方したなんて、フロントはチェックしないだろ？」

「知らん。ただでさえ、珍しい名前なのに、ルームサービスのシャンパンだと？　よく、そんな恥ずかしい真似ができるな」

「あ、ビールで濡らしたお前のシャツやスーツ、パンツなんかも一式、クリーニング頼んといた」

橋埜は犬伏に脚を捉えられたまま、眉をひそめる。

「…下着まで？」

「面倒だったから」

手洗いすることなどは頭にもない犬伏に、橋埜は深い深い溜息をついた。

「別に恥ずかしいのは俺であって、お前じゃないじゃないか。部屋取ったのも俺だし、身分と名前割れてんのも俺だけ。パンツ出したのも、シャンパンのルームサービス頼んだのも、俺」

「…いい加減に脚を放せ」

これ以上、犬伏と言い争うつもりはないのか、橋埜はかなり邪険に脚を払う。犬伏はニヤニヤしながら、それを許した。

橋埜は脚を泡の中につけ直すと、少し考え、なぁ…、と口を開く。

「さっき、ビールぶっかけたのは何だったんだ？」

「また、お前に逃走されたらかなわないから、とりあえず服剝がしとこうと思って」

「…お前、信じられないような真似するな」

「それだけ必死なんだって、お前、捉まえんのに」

犬伏は短い髪をかく。

固いだの何だのと評されるとおり、これまで犬伏自身は恋愛面に置いてはあまりアグレッシブに動くタイプではなかった。

昔から体格に恵まれていたせいか、細かいことにこだわらないせいなのか、告白してくる相手には事欠かなかったし、幸いにしていいなと思った女の子とは、相手も憎からず想ってくれることが多かった。

ちょっとした機会を見て、俺とつきあってみないかと声をかければ、それでうまくいったから、どちらかというとワイルドな見た目のわりには受動的だったともいえる。進んで誰かを追いかけた、積極的にアプローチを仕掛けたという記憶がない。

こっちを憎からず想ってるくせに、ここまで強情に、しかも本気で逃げまわるような相手を追いかけまわしたのは、犬伏にとっても初めての経験だった。

一流ホテルのロビーを、スーツ姿で全力疾走してゆく男など、初めて見た。

短距離では橋埜には絶対かなわないので、距離を開けられては逃げ切られるとこっちも全力で追ったが、橋埜がまだ本調子でなかったのは幸いした。

そうでなければ、きっと振り切られていたと思う。

身体から始まったと言われればそうなのだろうし、橋埜自身は自分に半ば同情でほだされたと思っているようだが、橋埜なら身体込みで引き受けても悪くないと、むしろ、どうせなら全部寄越せと思ってしまったのだから、仕方がない。

「まぁ、とりあえず…」

犬伏はよいしょと、男二人でバスタブにつかるには何かと邪魔になる橋埜の片脚を自分の肩に担ぎ直し、腰を据え直すと、華奢なグラスを掲げた。

「君の瞳に乾杯」

「……今、本気で鳥肌が…」

寒い…、と橋埜は粟立った二の腕あたりをさする。

「本当に失敬な奴だな。俺が思いつく限りの贅沢な演出を捧げてるっていうのに」

「発想がバブルなんだよ」

「バブルって…、俺、その頃、小学生だぞ。知らないって。そもそも、これって王道じゃないのか？　恋人同士の憧れっていうか」

恋人同士と言ってやると、橋埜はむっつりと黙り込んだきり、グラスに口をつける。

「美味い？」

「…美味い」

犬伏に脚を捉えられた橋埜は、目を伏せがちに答える。

たとえバブルであっても、この状況が嫌なわけではないのだなと、肩に引っかけさせた脚の脛のあたりに口づける。

「…っ」

橋埜はわずかに眉間をつめ、まっすぐな脚をぴくりと震わせた。

普段は切れ者を装っているが、意外に脚の内側が弱いらしい。内腿、膝、脛から足首にかけてやんわり触れると、無言で責めるようにこちらを見てくる。そのまま触れると、徐々に息が浅くなってくる。

それが嬉しくて、ついつい手を伸ばしてしまう。

前から無骨な体型の隊員らの中では、ずいぶん長くて、男にしてはすらりとした脚の持ち主だとは思っていたが、そばでじっくりと見てみると、膝下が長い上に足首はきゅっと締まっており、腱の形がきれいに浮き出ている。

一度いいなと思ってしまうと、かなりそそる脚だった。

犬伏は自分のシャンパングラスを、ワインクーラーの載った簡易の折りたたみテーブルに置き、本格的に脚を攻略にかかろうと、膝の内側をぺろりと舐め上げる。

ぴくっ、と形のいい膝頭が跳ね、橋埜は悔しげに歯を食いしばりながらも、うっすらと頬を上気させてゆく。

犬伏は我が意を得たりと、さらに長い脚を跳ね上げ、ずいと身を進めた。

「待てっ」

橋埜は犬伏の頭に、ぐいと手を掛けた。

「待てっていわれてもさぁ」

「待て、待てったら！　…高梁どうするんだよ？」

「アキラ？」

どうしてここで高梁の名前が出てくるのだと、抱えた脚の形よさに悩殺されかけている犬伏は尋ね返す。

「俺はそういう略奪愛っぽいのは、嫌いなんだよ。誰かが想ってるのわかってて、横からかすめ取るなんて、男として仁義にもとる」

橋埜は自分の顔を、半ば覆い隠すようにする。

仁義にもとるという考え方自体がいかにも橋埜らしいと思ったが、犬伏にとってはそんな理由で自分を諦められるのも心外だった。

「略奪愛って言うけどさ、そもそもアキラとは恋愛関係そのものが成り立ってねぇよ。好いてくれるっていうなら嬉しいけど、自分を恋しいって思ってくれてる相手全部に応えてたら、それはそれで世の中まわらないだろ？　どっちが先に好きになったとか、どっちが先に告白したとか言ってたら、単なる早い者勝ちじゃないかよ。俺の気持ちは置いてけぼりにして、勝手に話を終わらせるつもりか？」

それとも…、と犬伏は言葉を継いだ。

「それとも、お前が俺を想ってくれてたってのは、他の人間に譲れる程度だったのか？」

「…そんなつもりは…」

それでも罪悪感は急には晴れないのか、橋埜は目許を覆ったまま唇を嚙む。

「アキラを操縦室制圧にまわすように進言してくれたのは、ありがたかった。あいつと真壁、三島もちゃんと上手くやりおおせたぞ。あのリーダーをとっ捕まえて操縦室のドア開放したのは、あいつらだ」

後輩の恋の芽を摘んだのではないかという罪悪感に揺れる中、犬伏の言葉はいくらか橋埜の気分を救ったのか、顔を覆った指の陰から、橋埜の目が少し揺れながら見上げてくる。

犬伏は指先だけが泡の中に浸けられていた橋埜の左手を取る。

「どうだ？　触っても全然？」

橋埜は少し笑う。

「人差し指から薬指までが、全然わからないってことはないが、まだ痺れてる」

こう…、橋埜はじわじわと指を動かす。犬伏の目から見ても、まだぎこちない動きは、今の橋埜にとっては精一杯のものらしい。

「物に触っても、いまいち鈍いっていうか、感覚が遠いっていうか…」

そんな橋埜の指先を手に取り、犬伏は軽く口づけた。

驚いたように、橋埜の指が唇の端を弾く。

「あ…、悪い。驚いて…」

橋埜は弾いてしまった犬伏の唇を、慌てたように親指で撫でる。

「別にそれぐらい、かまわねぇよ」

気にしてない、と犬伏はさらにその手を引き寄せ、口づけた。

ついでに橋埜の手からグラスを取り上げ、かたわらのテーブルに置く。

「なぁ、腰の方はさ、大丈夫なのか？」

尋ねながら、犬伏はバスタブの中で男の腰を抱き寄せる。

「腰？」

やはり橋埜は予想通り、素直に身体を任せることはなく、とっさに犬伏の胸に腕をつき、身体の密着を防いだ。

「ちゃんと後始末できたか？」

犬伏はにやつきながら、腕の中の腰をやわやわと臀部に向かって撫でる。

さっき、ぐずぐずに蕩けた様子の橋埜の言葉に甘えて中にたっぷり放ったところ、その後始末をどうするかで一悶着あった。

ひと息つくと、まだ身体の火照りも冷めないままにも、橋埜はベッドの上で粗相をすまいと焦った。足腰の思うように立たない橋埜をなだめ、体《てい》よくお姫様抱っこでバスルームに連れこんだはよかったが、犬伏に手を出されるのは絶対に嫌だと、橋埜が中に立てこもってしまったのは計算外だった。
・犬伏に散々に蹂躙されて、思うように動かない身体で後ろを後処理するのもつらかろうというたわりもあったし、プライドの高い橋埜が恥ずかしそうに身体を開き、すべてを任せる様子も見たかった。
しかし、そう簡単にすべてをさらけ出すような男でもなかった。あわよくば、第二ラウンドにもつれ込もうとした下心も見透かされていたらしい。

橋埜は部屋との境のガラスにブラインドを下ろしたまま、犬伏がルームサービスのシャンパンで釣るまで、扉さえ開けなかった。

「余計なお世話だ」

あいかわらず、返ってくるのは憎まれ口だった。

「ちゃんとできてないと、心配だろ？　お前をこんな目にあわせてるのは俺なんだし…」

顔を寄せ、低くささやくと、橋埜は眉を寄せながらも、腕の力を抜き、抱擁そのものはおとなしく許す。

素直になったその身体を泡の中で膝の上にやわらかく抱き上げ、犬伏はそっと男の肩の傷口に唇を寄せる。

橋埜に瀕死の重症を負わせた弾痕は、バランスのいい締まった体軀に、生々しい三センチほどの傷跡となって残っている。

撃たれた直後にはとめどなく血が溢れだしていて、あの時には自分が撃たれるよりもゾッとした。まだ無惨な傷跡だが、よくここまで回復してくれたものだと思う。

「本当に、お前が生きててくれてよかった…」

な…、と橋埜を見上げ、キスを誘うと、橋埜は目を細め、そっと唇を寄せてくる。

「…ん…」

皆の目前で行ったものより、よほど繊細でやさしい、素直なキスに、犬伏は笑って応える。

「祐海…」

舌を絡める合間に名前を呼ぶと、橋埜は自分から犬伏の首に腕をまわし、熱心に舌を差し入れ、啄《ついば》んでくる。

よく引きしまった背筋を撫で、その首を抱き、きれいにしなる腰を撫でた。

腰から下に向かってするりと指をすべらせると、橋埜の身体が腕の中で跳ねる。

「お前…っ」

暴れようとするのを上から抱き押さえ、温かな湯の中で臀部を撫で下ろし、秘所へと指を伸ばした。

「何するっ!?」

「何って、お前、野暮なこと聞くなよ。ちゃんときれいにできたかなぁって」

「できてるって！　…ぁ…っ、お前っ…、入れるなっ、馬鹿っ」

さっき、散々に責めさいなまれたせいか、まだ最奥部はぬめるように柔らかかった。

外からなぞってやるようにすると、犬伏の揃えた指をぬるりと容易に中へと受け入れる。

潤った内部は刺激に収縮し、嬉しそうに指を喰い締めてくる。

「あー、まだ柔らかいなぁ。当たり前か。あ、二本目も呑み込まれちまう…」

ヌルリと指を差し入れると、橋埜が切羽詰まった声を上げた。

「抜けッ！　まだ…中にっ…」

ちゃんと後始末できたというのは本当ではなかったらしく、蕩けほぐれた粘膜の奥へと指を押し込んでゆくと、何か熱いものがどろりと奥から溢《あふ》れて、犬伏の指を濡らした。

橋埜自身、後ろを使ってのセックスに経験がなかっただけに、自分で後ろを押し広げ、中を掻きだすのを躊躇しているうちに、犬伏が再び押し入ってしまったのかもしれない。

「あっ…、あっ…、嫌だっ…」

犬伏の手によって残滓を掻きだされるのは本気で嫌ならしく、橋埜は腰を浮かしながら、泣き声を上げた。

さっき散々に犬伏に押し広げられた内部は、まだ完全に窄まりきっていないらしく、奥へ奥へと深々と指を呑み込んでゆく。

「お前、だってさ…、これ、ほっとくとマズいだろ？」

今さら抜くにも抜けず、犬伏は暴れる身体を抱き留め、橋埜の中に自分が放ったものをゆるやかに掻きだそうとする。

「嫌だ、抜けッ！　こんな…」

バスタブで暴れる橋埜の顔から首筋にかけて、羞恥に真っ赤に染まる。

「…嫌だ…、あっ、あっ…」

いいところを刺激してしまっているらしく、犬伏を呑み込んだ橋埜の内部が、細かくうねるように収縮し出す。それと同時に犬伏の腕の中で、橋埜の背中が何度も大きく攣《つ》れた。

「…あー、ヤベ…。こりゃ、クるわ」

身悶える身体を抱きながら、犬伏は苦笑する。

「んー…っ、ンッ」

穿たれることを覚えた快感には抗えないのか、犬伏から逃れようとしていた橋埜の腰が、徐々にくねるように蠢き出す。

橋埜のものはすでに勃ち上がり、犬伏の下腹に誘うように当たってくる。

「んっ…、だから…入ってくるなって、言った…」

「だよなぁ。でもさ、こんな色っぽい状況で、指くわえて外で待ってる男の方がどうかと思わないか？」

濡れ蕩けた粘膜を太い指でかきまわし、橋埜を煩悶させながら犬伏は苦笑する。

「なぁ、祐海、もう一回」

な…？…、と犬伏は橋埜の乳暈を柔らかく舐め上げながらねだった。

刺激されることを覚えたらしき乳頭は、すぐにつんと固く勃ち上がり、橋埜の興奮の度合いを伝えてくる。それを意地悪く舌先でつつくと、男の喉奥から甘い泣き声が上がった。

「あっ…、馬鹿野郎、そんな体力あるか」

嬉しげに犬伏を呑み込む腰とは裏腹に、橋埜は胸許までピンク色に上気させながら、なおも足掻く。

「体力はあるだろう？　もう、乳首もこっちも、こーんな恥ずかしい形になってますけど」

乳首を舌先で抉《くじ》り、立ち上がった橋埜自身を犬伏の引きしまった腹筋にあえてすりつけるようにすると、橋埜は泣き喘いだ。

「…はっ…、胸するなっ…、あっ」

赤く硬起した乳頭を甘噛みされ、橋埜は奥歯を喰い締める。

「えー、ビンビンに尖っちゃってるんですけどぉ？」

その身体を深く抱き込むようにして、犬伏はあやすように男の身体をゆっくりと膝の上におろしてゆく。

「んーっ…、あっ、指っ…」

中からズルリと指が抜け出す感覚にはまだ馴れないのか、橋埜は顔を伏せるようにして泣いた。

「抜かないと、俺が入れてもらえないだろ？」

引き抜いた指の代わりに、犬伏はパクパクと物欲しげに口を閉じ開きしている入り口に、昂ぶった自分自身を押しあてる。

「あっ、あっ」

さっきたっぷりと犬伏を最奥部まで呑みこんだ粘膜は、さほど抵抗もなくヌルリとその巨大な先端を呑み込んだ。

橋埜の自重もあって、犬伏は狭い内部へとゆっくりと呑み込まれてゆく。

「あっ…、また…」

「あー、すごい柔らかくなってる」

苦しげに喉許を反らせる橋埜とは裏腹に、淫らな器官は犬伏の残滓を潤いにまた嬉々としてその威容を呑み込み、愛しげに絡みついてくる。

「すっげ…、中、トロトロなんですけど」

揺れる泡の中で、じんわりと腰を使い、跨らせた男を追い上げながら犬伏は呟いた。

「喋るなっ…、ぁ…っ、…は…」

かろうじて肩に手をつき、橋埜は喘ぐ。

「祐海…」

「んっ…、あっ…、そんな深く…」

女性器以上に淫らな器官が、嬉しげに犬伏にまとわりついてくる。

「お前、本当に凄いな…」

「あっ、もう無理…っ」

「どうやってんの？　これ」

「やめてくれ、頼むから…っ」

怖い、怖い…、と橋埜は本気の泣き声を上げる。

「祐海、ちゃんと捉まえてるから…」

「あっ…、だって…」

もう泣き声にもならないグスグスとした声を洩らし、橋埜はたまらなそうに身悶え、自ら呷るように腰を使い始める。

「ちょ、待てってって…」

「あっ、あっ…、嫌だ…、いや…」

自分でも止めようがないのか、上擦った声と共に、背筋を震わせ、内腿を突っ張らせる男の内部を、犬伏も夢中で穿った。

「イカせてやる、イカせてやるから…」

「あっ、あっ、あっ…」

たまらなそうに犬伏の首に縋り、腰を前後させていた橋埜は、強く背筋を反らせる。

「あっ、また…っ」

イク…、と甘い恍惚とした声と共に、犬伏を喰い締めた男は何度も大きく身体を震わせた。

「…っ！」

そのあまりに強烈な締めつけに自身も歯を食いしばりながら、犬伏は深く抱き込んだ橋埜の内部に、白い飛沫を迸らせた。

II

訓練前、ロッカーで着替えを終えた犬伏は、ベンチに腰をかけて黒い革のブーツに足を入れる橋埜を見た。

まだ左の中三本の指に麻痺が残っているせいか、かがんでブーツに脚を入れ込むのにも、少し時間を要した。靴紐を結いあげるのにも、右手で輪を慎重に親指に引っかけるようにして、ずいぶん手間取っている。これまでの橋埜は装具が早く、いつもきびきびと手を動かし、綺麗な蝶結びを作っていたことを思うと胸が痛んだ。

これ以外にも、まだしばらくは色々と思うようにいかなくて、苛立つことも多いだろう。

犬伏は橋埜の前に行くと、大きな身体をかがめ、膝をついた。

無言で橋埜の手に代えて紐を取ると橋埜はちらりと顔を上げたが、任せるつもりなのか、そのまま身体を起こす。

犬伏は片脚の靴紐を結わえてやると、もう片方のブーツを手に取り、橋埜の足を入れて丁寧に履かせてやる。

「早く馴れなきゃな…」

代わりに紐を結ぶ犬伏の手許を見下ろし、橋埜は呟いた。

時にこの男は奥が深すぎて、何に馴れると言うつもりなのかはわからなかったが、犬伏はその顔を見上げ、ぽんぽんと軽く膝のあたりを叩いてやる。

橋埜が口許に笑みを作ったところを見ると、悪い意味でもないのだろう。

「行くか？」

尋ねると橋埜は頷き、犬伏の肩に手をついて立ち上がった。


「…何だ、あれ？　橋埜《あいつ》、全然スコア、下がってないじゃないか」

射撃場でH＆K《ヘッケラー・コッホ》社の短機関銃MP5を的に向かって放つ橋埜をガラス越しに後ろから眺め、壁にもたれて腕を組んだ犬伏は呟く。

「短機関銃はまったく問題なく扱えるみたいですね。自動拳銃はやっぱり左手指使って保持しなきゃならないんで、スコアが落ちるっておっしゃってましたが…」

横で犬伏と同じく、今日の射撃指導に当たる飯田が答え、手許の端末を叩いて橋埜の記録を出す。

「それは仕方ないだろ。つか、十分平均レベルは出てるよ。どこを目指してるんだ、あいつは」

ぼやく犬伏に、飯田が珍しく横顔で笑う。

「橋埜さんの場合、もとがトップに近い成績だったので、プライドの問題なんじゃないでしょうか？」

「だろうけどよ」

犬伏は低く溜息をつき、しばらく紺のアサルトスーツを身につけた橋埜の後ろ姿を見る。

背筋の伸びた、きれいな立ち姿だった。腰の位置が高い。

「なぁ、脚のまっすぐできれいなのって、よくない？」

「…はい？」

他の隊員の射撃の様子に目を配っていた飯田が、唐突な話を振られて不審そうに顔を上げる。

「いや、俺、けっこう脚にはグラッとくるんだよな」

「…犬伏さん、美脚派なんですか？」

普段、仲間内での猥談にもほとんど乗ってこない男は、珍しく応じた。

軽口といえるほどの軽さはないが、無駄口をほとんど叩かない男なので逆にリアクションがあること自体が新鮮だった。

「お前、違うの？」

「俺ですか…？」

無骨な長身の男は、しばらく考え込む。

「俺は…、全体的にスレンダーなのがいいかな？」

「あ、意外。お前は『男は黙って、むっつりスケベ』で、ボン・キュッ・ボンッなお色気姉ちゃんが好きなのかと思ってたわ。それこそ、馬淵さんの愛の女神《ゴッデス》、霜嶋《しもじま》エリナみたいな？」

遠慮など欠片もない犬伏の評価に飯田は言葉を失ったようで、逆に尋ね返される。

「『むっつりスケベ』…に見えますか？　俺」

「違うのか？」

尋ねると、またしばらく間《ま》がある。

「…いえ、そうかもしれません。なかなか相手に言えずに、色々妄想するタイプですから」

ヒュウ…、と犬伏は口笛を吹く。

「つか、お前、そんな妄想なんかしなくっても、何気に男前でルックスいいから、スタイルいいお姉ちゃん似合うよ。すんごい巨乳のさ」

不一二子《ふじこ》ちゃんみたいな？…、などと犬伏は軽口を叩く。

「巨乳も嫌いじゃないんですけど、俺は微乳派かもしれません」

犬伏のむっつりスケベの評価通り、口の下手な朴念仁に見えた飯田は、意外な言葉をぼそりと洩らす。

「…微乳？　それも珍しくないか？」

「なけりゃ、ないでいいです。微乳でも無乳でも、感度がよければ」

ほとんど表情を変えずに他の後輩が仰け反りそうな衝撃的発言をぶちかます後輩に、こいつはまた無骨そうな顔のままで、とんでもなく予想外なことを言い出したと犬伏は面白く見守る。この男が今さっき告白した、言葉に出さずに頭の中で色々妄想というのは、あながち嘘でもないらしい。

いっそ、放っておけばどこまでぶちまけるのかとニヤついていたところ、さすがに飯田の方も我に返ったらしく、咳払いをひとつした。

「…まぁ、脚が細くてきれいなのがいいっていうのは、同感です」

「だよなぁ？」

犬伏は二班の後輩に指導中の橋埜の後ろ姿を眺めながら、言葉を続ける。

「でさぁ、普段はツンケンしてるのに、脚の内側とか撫でると、真っ赤になって腰のあたりビクビクさせせんのがよくないか？」

非常に限定的な喩《たと》えにさすがにちょっと引いたのか、飯田はしばらく無言で犬伏の顔を眺めた。

「…ずいぶん、ニッチな趣味っていうか、マニアックな趣味ですね」

「そりゃ、お前、触っても全然知らん顔でつんとされてたら、マネキンの脚触ってんのと変わんねぇじゃないか。そっと膝抱いた時にさ、すっごい迷惑そうな恥ずかしそうな顔しながら、相手が必死で声殺すのがいいんだろ」

「…はぁ」

その状況を頭に思い描こうとしているのか、飯田が額に手を当てて考えながら頷く。

「俺は脚のきれいなのは好きだけど、マネキンの脚に萌えるわけじゃないんだよ。こういうのは見てよし、触ってよしの温かさと、触れば弾けるようなフレッシュさに萌えるんだろう？」

飯田は短く整えた髪をさらにかくようにして、しばらく考え込む。

「…まぁ、反応がいい方が男としては嬉しいでしょうね」

「だろ？」

犬伏はこの間の橋埜の反応を思い出し、ほくそ笑む。

「今、俺のつきあってるの、そういう美脚の持ち主なんだよね」

飯田はしばらくガラス越しに引き続き射撃を行うメンバーに目をやった後、犬伏の方を振り返った。

「…結局、ノロケ話だったんですか？」

低く尋ねてくる飯田に、犬伏は上機嫌で笑う。

「おう、まぁな」

そして、あ…、と思いついて犬伏は飯田を見た。

「おい、この話、橋埜には内緒だぞ。あいつ、怒らせると本当に怖いからな」

「橋埜さんとの共通の知り合いなんですか？」

その関係が意外だったのか、飯田は不思議そうな顔となる。

おそらく、頭の中に思い描いているのは、橋埜と犬伏との間に誰かを挟んだ三角関係だ。

「ああ、まぁな…」

脚についてはのろけられても、本当のことなんてさすがに言えないよなと思いながら、犬伏は紺のアサルトスーツに身を包んだ、すらりとした男の姿を眺めた。

END

あとがき

どうもこんにちは、隠れ属性「攻×攻」のかわいです。

今回、本当にぎりぎりで体調を崩して、ひと月繰り延べになってしまって申し訳ありませんでした。ご関係の方にも、多大なるご迷惑をおかけしてしまい、すみませんでした。

挿絵をご担当下さった緒田さんにも…、本当に申し訳ないです、今回も遅らせまして…。緒田さんの素敵色っぽいイラストには、凝ったファンタジー系とか、かっちりした制服、特に濃紺のSATの制服なんかが似合うと思うんですよー！…と、勝手に力説して、勝手に舞台をSATに決めてしまってすみませんでした。色々と込みいって面倒な制服を描いて頂いて、ありがとうございます。いただいた表紙がとても素敵で…、橋埜も水も滴るようないい男な上に、後ろの犬伏がすごくガッチリしてて、素晴らしい！　眺めては、ひとりニマニマと気持ちの悪い笑みを浮かべてます。嬉しいです、ありがとうございます。

さて、SATです。お前はどれだけ特殊部隊が好きなんだよというのは、置いておいてですね、今回、班ごとに担当を変えてますが、どうも実際のSATは三交代というハードなシフト制勤務で、ひとつの班の中で突入、狙撃、技術支援担当などと別れているようです。ようです…っていうのは、SATの存在そのものが秘密のベールに包まれていて、本当のことは所属の方にしかわからないためです。なので、私に都合のいいなんちゃってSATを舞台に話を作ってみました。だって、シフト制だったら、ほとんどすれ違いになりますもん。本当は話にヘリ降下を盛り込みたかったのですが、力及ばずでした。次にSATを舞台にする機会があれば、必ずヘリ降下を入れようと、今、間違った方向に一念発起しております。ということで、このお話は隅から隅までフィクションですので、よろしくお願いします。

あと、指揮班の真田。モデルは某戦艦ヤマトの真田さんです。自分の中では声もルックスもあのままに再現される、憧れのあの人です。昔は古代君がいいと思ってたけど、今なら絶対に真田さんです。全編通して、あの人の男気と朴念仁ぶりは半端ないっすよ。素敵です。

そして、このたび、長年の夢だったワ○メ酒にトライしてみました。担当さんから、「多分、ルチルでは初だと思います」と言われて、ちょっと驚いてみたり。男性の場合は、竿酒とかの呼び名があるそうですが、なぜかその呼び名には萌えない不思議。これは明るく自分から進んでやっちゃ駄目で、半ば以上無理強いされるのがいいんです。そんな淫靡なシチュエーションにオヤジ魂が疼くぜという、同士求む。そんなことを熱く語って、今、色んな意味でレーベル色をはき違えてると言われたらどうしようと、ちょっとドキドキしてます。

このたびも趣味丸出しで色々突っ走っておりますが、ここまでのおつきあいありがとうございました。また、次にお目にかかれますことを祈りまして。

かわい有美子

✦初出　饒舌に夜を騙れ……………書き下ろし
邪に膝を抱け………………書き下ろし

かわい有美子先生、緒田涼歌先生へのお便り、本作品に関するご意見、ご感想などは
〒151-0051 東京都渋谷区千駄ヶ谷4-9-7
幻冬舎コミックス　ルチル文庫「饒舌に夜を騙れ」係まで。

幻冬舎ルチル文庫

饒舌《じょうぜつ》に夜を騙《かた》れ

2011年9月20日　第1刷発行
2013年5月20日　第2刷発行

✦著者　かわい有美子　かわい ゆみこ

✦発行人　伊藤嘉彦

✦発行元　株式会社 幻冬舎コミックス
〒151-0051 東京都渋谷区千駄ヶ谷4-9-7
電話 03(5411)6432[編集]

✦発売元　株式会社 幻冬舎
〒151-0051 東京都渋谷区千駄ヶ谷4-9-7
電話 03(5411)6222[営業]
振替 00120-8-767643

✦印刷・製本所　中央精版印刷株式会社

✦検印廃止

ISBN978-4-344-82301-3　C0193　Printed in Japan